París era mentira

Pablo Calero

Platero
COOLBOOKS

Título: París era mentira
Primera edición: noviembre, 2025
© 2025, del texto Pablo Calero.
© 2025, de la edición, maquetación y diseño Platero CoolBooks.
© Platero Editorial S.L.
Glorieta Fernando Quiñones s/n .
Edif. Centris, planta 2, módulo 10. 41940 Tomares (Sevilla)
info@plateroeditorial.es
www.plateroeditorial.es
Diseño de portada: Platero CoolBooks.
Printed in Spain-Impreso en España
Depósito legal: SE 3188- 2025
ISBN: 979-13-87720-48-3

A Juan, causa, razón y refugio
en esta ciudad tan impía.

Me moriré en París con aguacero
un día del cual tengo ya el recuerdo.
—Piedra negra sobre una piedra blanca, César Vallejo

Aquel que se va,
va diciendo en el silencio:
«¡Qué grande es la libertad!».
—Toná, Antonio Mairena

Índice

1

LA LLEGADA

Mi nombre es Javier García Moreno, tengo casi treinta años y cuento esta historia desde París, la ciudad de la luz, la ciudad del amor y la de mil cosas más que no son verdad. La cuento justo antes de volver definitivamente a donde pertenezco. Y lo hago porque quiero que se conozca la verdadera historia de lo que ha pasado y de por qué me he visto obligado a acelerar las cosas. Al fin y al cabo, no quiero que nadie me odie. Me gustaría que, por ejemplo, si hablaran de mí en uno de esos programas matinales en los que se discute sobre la subida de los precios y sale un reportero en un mercado para preguntar cuánto cuesta el kilo de carne, justo después de mostrar mi fotografía, aparezca una vecina o un amigo y diga que soy una buena persona, que es lo que soy en realidad. O que si ahora resulta que me muero pronto y apenas me da tiempo a disfrutar de esta nueva libertad, cuando algún conocido se acerque al cristal desde el que se verá mi ataúd, se le escape un «Pobrecillo, con lo bueno que era». Eso me haría muy feliz.

El día que decidí mudarme a esta ciudad recuerdo que estrellé mi teléfono contra el suelo de la habitación en la que estaba. Creo que fue el primer ataque de ansiedad que he tenido en mi vida. Digo creo porque no estoy seguro, pero fue una sensación angustiosa. Era como si quisiera meter el aire tan rápido dentro de mi cuerpo que entraba sin filtrar, lleno de suciedad, y notaba las partículas de polvo bailando dentro de mis pulmones. Luego recuperé la conciencia y le escribí un *e-mail* a Pedro para decirle que se me había caído el móvil al bajar del taxi y que el mismo vehículo había pasado por encima y lo había aplastado. Acababa de llegar de París, de pasar un fin de semana con él, y esta fue quizá la primera mentira de los años que vinieron.

Mi vida hasta ese momento era más o menos lo que se espera de un chico que se acerca a los treinta. Y no me desagradaba. Vivía solo, tenía un trabajo y, aunque no tenía pareja, mi vida social era bastante animada. Eso sí: era un adulto que estaba aún por hacer. O por cocer, como dice una amiga. Pero esto llegó con los años siguientes, sin ninguna delicadeza y a una velocidad desproporcionada. Las cosas llegan cuando tienen que llegar, aunque no siempre signifique que sea el momento más adecuado. Y lo peor del amor, además, no es solo que llega cuando a uno menos le apetece, sino también desde donde uno no quiere. En mi caso, desde París. Porque no lo he contado aún, pero me mudé a esta ciudad por amor. Así de claro. Ahora ya lo puedo decir, pero me costó mucho poder soltarlo así. Tan a la ligera.

Un par de meses antes de mudarme compré un billete de solo ida y se lo entregué en un sobre a Pedro en una romántica velada. Una de esas citas en las que, si uno se observara por una mirilla, se daría vergüenza, pero que hacemos porque lo hemos visto en las películas o por alguna extraña razón que nadie se ha parado a analizar. Luego se lo comuniqué a mi familia y a mi jefe, aunque de eso no voy a hablar porque todavía me cuesta. Lo de la familia. Lo de mi jefe no me importa. A él se lo conté el mismo día que me llamó a su despacho para ofrecerme un ascenso. Tal cual. Tras veinte minutos escuchando cuáles eran sus planes y los objetivos de mi nuevo puesto, le di las gracias y le dije que me iba. Al contrario de lo que pensaba, se lo tomó bien y me dijo que era una decisión muy valiente. A mí en ese momento no me lo pareció.

Tras muchas fiestas de despedida, bastantes mensajes en las redes sociales y alguna que otra lágrima, me subí en el avión que me trajo a esta ciudad sin fecha de vuelta. Todo parece muy fácil, pero no fue así. Era la primera vez que tomaba una decisión tan importante por una razón tan estúpida. Amor. Amor. A-m-o-r. Qué raro me resulta. El salto fue tan grande que aún tiemblo al imaginarme en aquellos días.

Dejar un trabajo por un motivo así no era propio de una persona como yo, así que decidí crear una historia paralela. Una historia que podría utilizar cuando no me apeteciera contar la razón verdadera por la que me iba. Algo más acorde con la persona que creía ser en ese momento y que solo utilizaría en ciertas ocasiones, con ciertas personas. Que me mudaba para aprender el idioma, para tener una experiencia laboral nueva, que era una ciudad que siempre me había atraído mucho… No me lo creía ni yo. Y al final se me fue de las manos. Fui incapaz de recordar a quién le había dicho la verdad y a quién la mentira. Siempre he pensado que si me muero de un resbalón en la ducha, o al caerme de la cama, o de cualquier otro estúpido accidente doméstico, me gustaría que inventaran alguna historia más original. Que me recordaran de forma más heroica. Aquello fue un intento de hacer algo parecido. Lo del amor me parecía una cursilería enorme.

Pero bueno, la cosa es que llegué a París. Yo ya me había enamorado de Pedro en una de mis visitas meses antes. Llevábamos poco tiempo y hasta ese momento mi relación era más una mezcla de curiosidad, pasión y sexo. Era como si el muy cabrón me hubiera ido dejando miguitas de pan en un camino que me apetecía mucho andar. A esta historia le vendría mejor que me hubiera enamorado en plena ciudad, en Montmartre, a los pies de la torre Eiffel o paseando de su mano por Grands Boulevards. Pero lo cierto es que me enamoré cuando lo vi en la zona de llegadas del aeropuerto, que ni siquiera está en París. Así que me gustaría ser honesto desde el principio. Total, ya no tengo nada que perder. Y, además, nunca pasearía agarrado de la mano de nadie. Ni en París ni en ningún otro sitio del mundo.

La cosa es que lo de enamorarme ya lo traía hecho, así que mi llegada tenía más de otro tipo de emoción. Era como un niño que empieza el colegio tras el verano, con la mochila llena de olor a forro de libros y los lápices lustrosos, bien afilados. Así llegué a la ciudad. Es extraño recordar ahora aquel momento, entre las paredes de este piso que se empieza a vaciar. Tengo la sensación de que no necesitaré muchas cajas para meterlo todo. Es como si me hubiera ido deshaciendo poco a poco de todo lo inútil sin darme siquiera cuenta. En ese momento de la llegada todo tenía un aire de recién estrenado. Me llenaba una energía que no había conocido antes. Me gustaba. Estaba ilusionado por aprender el idioma, por encontrar un trabajo, por hacer amigos y por contar todo a mi gente. Cada paso en la ciudad era como en ese videojuego en que una especie de animal debe ir derribando muros para alcanzar piececitas de oro. A veces el muro se desplomaba sin apenas esfuerzo, otras veces había que empujarlo con fuerza, otras veces era necesario saltarlo y en ocasiones permanecía inalterable y había que dar varios rodeos para pasar a la siguiente fase. Pero todo era ilusión, ganas. No había llegado aún la nube negra y hasta creo que puedo afirmar que había luz. Aunque esto lo negaré por el momento.

2

PARÍS ERA UNA FIESTA

Llegué a París en plena primavera. Y eso es una putada. Es como cuando a una pareja le sale el primer niño bueno y enseguida van a por otro y resulta que el segundo es un monstruo que solo hace llorar y no duerme. Pues fue algo así: una trampa. Los primeros meses en la ciudad fueron tan interesantes que creo que en algún momento hasta quise quedarme a vivir aquí para siempre.

Lo primero que hice fue inscribirme en una academia para aprender francés. Esto era algo que me atraía mucho. A mí siempre se me han dado bien los idiomas y, aunque nunca hubiese elegido aprender francés, me hacía feliz el hecho de estudiar una nueva lengua. Así que elegí la mejor academia de la ciudad. Allí descubrí dos cosas. La primera es que más de la mitad de los alumnos estaba allí por la misma razón que yo. Habían llegado a la ciudad para acompañar a su pareja y necesitaban aprender el idioma. La segunda es que esas mismas personas, al contrario que yo, estaban encantadas con esa condición. La mayoría eran mujeres, flamantes esposas que rozaban los cuarenta años y que decían todo el rato *mon mari* para referirse a sus maridos. Como si el hecho de pronunciarlo en francés le añadiera más categoría a su estatus. Desde el principio quise alejarme de esa etiqueta. Me resultaba algo incómodo. Pero salvo este detalle, disfruté mucho aquellos meses en la academia. Volver a los libros de texto, estudiar, aprender, poder comunicarme en un nuevo idioma... Recuerdo que iba a clase por las mañanas y por las tardes siempre me buscaba algo que hacer en la ciudad para seguir aprendiendo. Siempre me iba solo, porque Mateo trabajaba por las tardes. Mateo es un argentino que conocí en la misma academia, en las clases de fonética. Pero él no decía *mon mari*. Era uno de esos argentinos a los que hay que esperar a que termine de comer porque no puede hablar al mismo tiempo. Entonces, cuando empieza a contar una historia, suelta su cubierto y no lo vuelve a coger hasta que ha terminado de contarla. Y eso suele ser bastante tiempo más tarde. Siempre se comía su plato frío. Había llegado a la ciudad porque en su país la situación no era muy buena y un primo suyo le dijo que en París había trabajo para todos. Tenía un puesto en los barcos que hacen *tours* por el Sena y, aunque no sabía bien francés, se había aprendido de memoria las frases que debía soltar durante el recorrido de los barcos. Era muy divertido escucharlo soltar su discurso mientras movía su cuerpo basto y agitaba las manos como para señalar los monumentos. Parecía que se iba a desmontar. Recuerdo que, cuando coincidimos en clase la primera vez, reconoció al instante mi acento al pronunciar las palabras y se dirigió a mí para preguntarme qué hacía allí con lo bien que se vivía en mi país. A mí no se me ocurrió otra cosa que echar mano de mi mentira, la que tenía preparada cuando no quería contar la verdadera razón por la que estaba allí. Lo de que quería buscar trabajo y todo ese rollo. Pero Mateo no lo creyó.

—Vos estás acá por la misma razón que todas las locas esas, lo que pasa que el tuyo también tiene verga y no querés que se sepa —me soltó.

No me quedó más remedio que admitirlo y aquello nos unió al momento.

Mateo me llevaba algo de adelanto en eso de conocer la ciudad. Había llegado unos meses antes. Y, además, tenía un instinto de supervivencia urbana bastante desarrollado. Eso que tienen los argentinos y que les hace parecer que están siempre buscándose la vida, aunque sean unas personas acomodadas. Así que descubrí buena parte de la ciudad con él. La otra, con Pedro.

Recuerdo que una vez, al terminar las clases en la academia, me preguntó por lo que hacía esa noche. Le dije que me iba a ir a pasar la tarde a la Apple Store de Opéra y que no sabía a qué hora terminaría. La tienda de Apple tenía cursos gratuitos sobre cómo manejar la cámara del teléfono, gestionar el almacenaje, sacarle más partido a ciertas aplicaciones… Me daba igual cuál fuera el contenido, el caso era escuchar francés durante una hora. Y mucho mejor si era un chico joven y guapo. Esto suponía una mejoría respecto a la academia, donde los profesores se vestían todos con ese tipo de pantalones de tela que parece que solo les venden a los que han superado los sesenta años. Además, lo que contaban eran cosas que yo ya sabía, así que podía concentrarme en el idioma. La idea era perfecta.

El caso es que Mateo me dijo que le habían invitado

a una fiesta en casa de unos conocidos de París y que me fuera con él. Desde que llegué a la ciudad me había fijado en las fiestas que hacían los parisinos en sus casas. Se ven desde la calle porque siempre salen al balcón a fumar y se les oye quejarse de la vida entre canción y canción. Pensé que debía ser algo divertido y quería ir a una; me alegré mucho cuando por fin tuve la oportunidad. Sé que fui, pero no me acuerdo de mucho más. También sé que hablé francés, aunque un francés muy primitivo, según me contó Mateo después. Y que al llegar a casa seguí hablando francés, según me contó Pedro al día siguiente. Cuando uno está aprendiendo un idioma y no lo domina aún, ocurre un efecto fascinante: si te emborrachas mientras hablas ese idioma, no puedes volver al tuyo hasta que se te pasan los efectos del alcohol. Esto es así. A Pedro no le hizo mucha gracia este episodio. Creo que fue porque él llevaba más tiempo en la ciudad y nunca lo habían invitado a una fiesta con locales. Quizá tendría un poco de envidia. Pero este es otro tema. De lo que sí me acuerdo de aquellos primeros encuentros con los parisinos es de que me resultaba muy curioso analizar su comportamiento. Eran copias los unos de otros. Me sentía en una película. Al mismo tiempo, era como un logro: había conseguido que me invitaran a una de sus fiestas y me encontraba allí, hablando francés con ellos.

La resaca, o lo que fuera aquello, duró hasta el día siguiente por la tarde. Ese día tenía cita con el dentista. Cuando la doctora inclinó el sillón fue como si todos mis órganos se me hubieran metido de repente en la cabeza y esta se hubiera hecho más pesada que el resto de mi cuerpo. Menos mal que estaba Pedro para traducir todo. En esa época Pedro estaba para todo. Me acompañaba al dentista, a la peluquería y donde hiciera falta. El dentista y la peluquería eran los sitios donde más miedo me daba ir solo por si no me entendían. Pensaba que las consecuencias podían ser desastrosas. Más en el caso de la peluquería, aunque mi madre diría que el pelo siempre termina por crecer. Unos días antes de este episodio de la fiesta había ido a una que tenía al lado de casa. Quería que me hicieran un corte más elegante, más acorde con la ciudad, y que me quitaran el degradado de macho mediterráneo que aún tenía. El peluquero resultó ser de origen marroquí y, nada más decir *bonjour*, supo mi procedencia. En París nadie te pregunta de dónde eres, sino cuál es tu origen. Esto es por la mezcla. Aquí se puede ser francés y tener un apellido de dos letras o de veinticinco. Me resultó muy extraño la primera vez que tuve que explicar que yo era cien por cien español. Los cuarenta minutos que tardó en cortarme el pelo y arreglarme la barba me estuvo hablando de fútbol y de tías. Dos temas de los que no era ningún experto. Ni lo soy aún. Cuando fui a pagar cambió la música y puso una canción de Luis Fonsi e insistió en que era un cantante español muy conocido. No tuve más remedio que darle la razón y sonreír. Del corte de pelo prefiero no hablar.

El caso es que Pedro hacía de intérprete todo el tiempo. Y, cuando me dejaba solo para hacer algo por mi cuenta, era capaz de escribirme al teléfono hasta veinte veces para asegurarse de que todo estaba en orden y no me había pasado nada. A mí esto me gustaba. Me sentía muy protegido. Pedro era muy atento al principio. Era como uno de esos novios adolescentes que le envía mensajes a su chica todo el rato solo para demostrarle que se acuerda de ella. Así era Pedro en aquel tiempo. Y París era el escenario perfecto para una historia como esta. Los tópicos de la ciudad cobraban sentido; eran un marco idóneo para esa ridícula etapa en cualquier relación que se distingue básicamente por que todo te viene bien. Por ejemplo, si Pedro me llevaba a uno de esos cafés en los que hay que hacer cola para entrar porque resulta que Sartre se reunía allí con sus amigos y decenas de turistas habían decidido aquella tarde emular al escritor sentados a la mesa con un café aunque este supiera a agua sucia, pues íbamos, hacíamos la cola y hasta me tomaba el café. Y tan contento. El plan era tan genial que hasta los camareros me parecían gente simpática. O si Pedro me hacía caminar diez kilómetros para llevarme a probar las mejores *crêpes* de la ciudad en el lugar más recóndito del último barrio de París, pues accedía sin rechistar y ni me dolían los pies. A pesar de que no me gustaban las *crêpes*. Y siguen sin gustarme, por cierto.

En aquel tiempo el cielo era azul; las hojas de los árboles de un verde intenso, y hasta el aire de la ciudad me parecía limpio. Cualquier plan era perfecto. Hasta hacer la compra. Esto era algo que hacíamos juntos. A mí me servía para poner en práctica lo que aprendía en la academia. Pedro me dejaba hablar con las dependientas y me corregía la pronunciación de algunas verduras. En París hay verduras que yo nunca he visto en ningún otro lugar y que tienen nombres impronunciables. Pero yo ponía todo mi empeño en hacerlo bien y él se reía. Le hacían reír mis errores. Y a mí me gustaba verlo reír. Una vez organizó una cena en casa para unos amigos y tuve que ir solo al supermercado a por varias cosas que necesitaba para la receta. Creo que, de cinco cosas, solo acerté en una. Al llegar quiso matarme, pero luego nos estuvimos riendo de ese episodio bastante tiempo. Ya nunca nos volvimos a reír así.

3

Yo quiero ser un chico de París

En París hay una feria de la barbacoa. Una especie de congreso en el que se reúnen durante tres días vendedores de barbacoas y potenciales compradores para hacer negocios. Es un poco inquietante que exista algo así en una ciudad sin apenas horas de sol y en la que buena parte de sus habitantes está obligada a vivir en pisos de treinta metros cuadrados. Sin terraza, por supuesto. Esto debería haberme puesto en alerta ante lo que estaba por venir. Pero lo cierto es que fui a la feria. Primero, porque me dijeron que con la entrada daban de comer y beber. Y segundo, porque en esa época quería ser un chico de París y, al parecer, este era un evento *mainstream* en la ciudad. Los parisinos tienen esas cosas: pueden ir por la mañana a un desfile de la semana de la moda disfrazados de Espinete y luego, por la tarde, ponerse hasta arriba de carne y vino mientras hablan de extractores de humo.

Por aquella época no me perdía nada. Quería vivir la ciudad como si me fuera a mudar a la semana siguiente, que es como yo siempre había querido vivir las cosas. No tenía trabajo y mi actividad era aprender francés, así que estaba más que justificado lo de andar todo el tiempo en la calle, haciendo cosas de parisinos. Por eso no solo fui a la feria de la barbacoa. También fui a la de la agricultura, que era más importante. Cuando Pedro me lo propuso, pensé que estaba de broma. ¿Una feria de la agricultura? Pero allí que me llevó. Pedro quería que disfrutara de la ciudad, que conociera todo. Se leía todas las *newsletters* sobre la ciudad para buscar el plan más curioso. Quería impresionarme. Siempre se ha sentido en deuda por ser yo el que lo dejó todo. Y eso que nunca mencioné nada. Ni siquiera se lo eché en cara en nuestras discusiones. Ahora eso ya da igual. Pobrecito. El primer año no hicimos otra cosa que descubrir París. Era todo tan nuevo, tan bonito… Nada era oscuro.

El caso es que la feria de la agricultura era un sitio bastante curioso. Lo primero que aprendí es que era como la feria de Sevilla: el fin de semana va la gente de los pueblos. Y Pedro eligió precisamente un sábado para llevarme. Recuerdo que los autobuses que venían de pueblos de largos nombres con muchos guiones se agolpaban a las puertas del parque de exposiciones desde bien temprano. La gente salía de ellos cargada con mochilas y con ristras de niños de la mano. Luego corría hacia alguna de las entradas del recinto para abarrotar sus pabellones. Algunos iban disfrazados de animales. Si no hubiera sido por el olor a cabra que se advertía desde la calle, hubiera pensado que me llevaba a Disneyland. Tal era el nivel de excitación del público. No creía que un evento así pudiera atraer a tantas personas. Pero si lo pienso bien, esto explica el amor de la gente aquí por lo que come, los alimentos, su procedencia… todo cuadra. Allí fue la primera vez que vi a un pollo salir de un huevo. Lo tenían metido en una urna con una cámara que lo retransmitía en directo en una pantalla gigante. A ver, más bien lo vi asomarse, porque a los veinte minutos me cansé de esperar a que el pollo mostrara el pico. Pero me gustó. También fue en esa feria donde toqué una vaca por primera vez. Una vez estuve cerca, cuando hice una parte del Camino de Santiago. Pero aquella estaba suelta y no me apetecía poner en riesgo mi vida por semejante tontería. Había más atracciones. Recuerdo un enorme pabellón dedicado por completo a la gastronomía de las distintas regiones de Francia. Era como atravesar el país en una misma mañana. Aunque hubiera preferido hacerlo en coche antes que abrirme paso a la fuerza entre familias enteras agolpadas frente a los expositores, que comían y bebían con el afán de quien no lo había hecho en días. Allí pasamos un buen rato probando vinos. Pedro intentaba que apreciara las diferentes notas de cada uno y los productores hacían lo mismo al otro lado del mostrador. Yo no notaba nada, pero la insistencia de Pedro y de aquellos simpáticos viticultores era tal que terminé por soltar al azar algunos componentes que sabía decir en francés para que me dejaran en paz. Creo que con alguno acerté. También había otra zona internacional. Allí se podía tomar un mojito, aprender a bailar una mazurca o dar de comer a un camello de dos metros de altura. Otras secciones eran más siniestras. Había una selección de vacas bien fornidas con carteles a su lado que informaban de la carnicería que las había comprado. También vi en el área de los conejos a un niño que le introducía una afilada zanahoria en el ojo a uno de ellos en un intento de darle de comer. La madre lo azuzaba con una voz dulce pese al letrero sobre la jaula que decía que estaba prohibido alimentarlos. Una de las zonas que más tristeza me causó fue la de los cerdos. Siempre había pensado que los cerdos eran animales sucios y malolientes que se divertían revolcándose en el barro. Pero nada más lejos de la realidad. Allí aprendí que son más inteligentes que un perro o un gato y que son tan limpios que ni siquiera sudan. De hecho, si se cubren de barro es para refrescarse cuando tienen calor o para protegerse de las moscas. Así que, al verlos tumbados en aquellas jaulas esperando comprador, me puse bastante triste.

Ese año no solo fuimos a ferias. También hicimos cosas más normales. Más de turistas. Exposiciones, museos… En París hay una afición por mostrar los entresijos de los museos, los teatros, los edificios. Lo que no se ve. *Les coulisses*, lo llaman. Y esto me encantaba. Bueno, esto de París creo que aún me gusta. Ahora que intento hacer un inventario de las cosas que me atraen de esta ciudad, quizá esta es una de ellas. El caso es que nos hicimos *les coulisses* de todo. El *cirque* d'Hiver, el Folies Bergère, la *maison* de la Radio, la ópera Garnier… Lo hacíamos solos o con sus amigos, porque a ellos también les gustaba. Los amigos de Pedro eran parisinos muy simpáticos, pero claro, yo no hablaba aún bien francés y eso hacía la comunicación algo difícil. Que si no, seguro que hubiésemos mantenido la relación. Ellos hacían un esfuerzo por hablar más lento. Quizá lo hacían más por Pedro que por mí. Pero es normal. Además, yo suelo ser bastante tímido al principio con la gente que no conozco. Pedro siempre me invitaba a los planes con sus amigos. Y la mayoría de las veces aceptaba. Pero claro, los amigos de uno son de uno, y no necesariamente de tu pareja. Y así tiene que ser. Pero eran gente simpática. Una cosa no quita la otra. Sobre todo Thibault. Aún recuerdo cuando lo conocí. Pedro había organizado una pequeña fiesta en casa por su cumpleaños. Tocaron a la puerta y, cuando abrí, solo pude ver dos pectorales bien marcados bajo un jersey beige de cuello alto. Más arriba estaba la cabeza de Thibault, que medía dos metros cero cuatro. Esto no me lo he inventado yo. Lo decía su carné de identidad. Lo vi porque una vez se dejó la cartera en casa y tuve que ir a la suya a devolvérsela. En Francia los carnés de identidad llevan escrita la estatura en la parte de atrás. Me quedé con la mirada clavada en su pecho unos segundos hasta que de pronto soltó «Tú debes ser Javier» en un español perfecto y con una voz tan grave como la de un antiguo locutor de radio. Entonces miré hacia arriba y le dije que sí, que era yo. Olía a *aftershave* caro, de esos que no se encuentran en los supermercados. Thibault hacía esfuerzos por entender mi francés, aunque la mayor parte del tiempo hablábamos en español. Él dominaba el idioma porque su sueño era vivir en España y hacía siempre al menos un viaje al año a la costa levantina. Pedro se ponía muy tonto a veces con esto. Como si tuviera celos. Qué tontería.

Yo prefería ir a los sitios con Mateo en vez de con los amigos de Pedro. O esperar a tener visita en casa. Ese primer año recibí muchas visitas. Eso me gustaba. Me encantaba presumir de que ya hablaba francés y llevar a mis amigos a los sitios que había descubierto. A todo el mundo le gustaba París. Incluso a mí. Esos meses recibí tantas visitas que me sabía los recorridos de memoria. Tenía claro dónde llevarlos a comer, lo que contarles de cada sitio y los rincones desde donde ver mejor la torre. Me gustaba pasear por la ciudad, contarles anécdotas, presentarles a Mateo. Mostrarles que me iba bien aunque los echara de menos. También me gustaba inventarme historias sobre lo que veíamos. Era capaz de crear una leyenda sobre cualquier rincón de la ciudad. Esto lo aprendí de Mateo, que me dijo una vez que los turistas vienen a las ciudades para oír buenas historias, sin importar si son verdad o no. Por ejemplo, al lado del puente del Alma, justo encima del túnel, hay un monumento. Es una llama de la libertad, una reproducción de la antorcha que porta la estatua de la Libertad de Nueva York. Es un regalo de los Estados Unidos a Francia en agradecimiento por su restauración en los ochenta. Pues bien, Mateo siempre le suelta a los turistas del barco al pasar que es un monumento en memoria de Diana de Gales, que murió en un accidente justo en ese túnel. La llama está rodeada siempre de flores y fotografías de Lady Di que apoyan su historia. Él siempre me dice que un día contó la verdad, pero que el resultado no era el mismo que cuando contaba su historia inventada.

—No sabés cómo eran sus caras. No hay comparación. Cuando les hablo de la Lady Di… ¡se les salen los ojos! —me decía.

Por ese tiempo recibí tantas visitas que me cansé de hacer de guía. Pero fue divertido. La última visita que tuve fue la de mi amiga Angustias. Me pidió que le enseñase mi París. Y no supe a dónde llevarla. Pero esa es otra época, algo más tarde.

El caso es que el verano regalaba por aquel entonces sus últimos días bonitos y yo comenzaba a ser independiente en la ciudad. Fue en esos días cuando descubrí lo que era la *rentrée*, que no solo es la vuelta al cole, sino el periodo de volver a todo. Y, en el caso de los adultos, de empezar una nueva actividad o retomar un deporte. Es un momento importante para los parisinos, todos buscan con urgencia en septiembre algo que hacer durante el curso. Es muy curioso escucharlos hablar de lo que van a hacer o a lo que se van a inscribir. Es como cuando en una feria ponen unas sevillanas y todo el mundo empieza a buscar rápidamente pareja para bailarlas. Algo así es septiembre para ellos. Nadie se quiere quedar sin actividad.

De hecho, en este tiempo hay encuentros en cada barrio en los que las asociaciones y los clubes muestran sus actividades. Yo fui al de mi barrio para elegir mi actividad. Y como quería ser un chico de París, me apunté al club de tenis del barrio. Nunca lo había practicado pero pensé que no había nada más parisino que jugar al tenis. Nada fue fácil desde el principio. Lo primero es que, para inscribirme en el club, me pidieron un certificado de aptitud para el deporte. Busqué un centro médico que lo expidiera, pedí cita y al día siguiente me presenté. Además de hacerme un millón de preguntas absurdas que me sirvieron para ampliar vocabulario, me tomaron la tensión y me invitaron a que fuera al baño para hacerme un test rápido de orina. Yo no sabía lo que era un test rápido de orina, pero me encerré en el baño tal como me pidieron. Allí solo había un cartel del que entendía todo menos el término que designaba el recipiente donde debía verter la muestra. Y junto al cartel solo había apilados varios vasos de papel de llamativos colores, como esos que se ponen en los cumpleaños infantiles.

Estuve al menos quince minutos debatiendo si mear en el vaso de papel. ¡Y sin cobertura para buscar la palabra en el móvil! «En mi país al menos son de plástico», pensé. Decidí hacerlo en el vaso de papel y acerté. Primera prueba superada. Ya solo quedaba jugar al tenis. Pero esto fue más breve de lo que imaginé. La primera clase tuvo lugar a los pocos días. La primera y la última, porque a los treinta minutos acordé con el profesor que allí terminaba mi carrera de tenista. No estaba hecho para aquello. Solo había que ver a mis compañeros y verme a mí. Hay cosas de parisino en las que uno no debe meterse, por más que en aquel momento quisiera ser uno de ellos. Es como si al nacer ya vinieran con muchas cosas de base. Me acuerdo de una caricatura que vi una vez de un niño recién nacido en París al que habían dibujado con la boina y la *baguette* debajo del brazo. Pues algo de verdad hay en eso. Solo añadiría la raqueta de tenis. A veces pienso que son una raza aparte. Por ejemplo: en París hay tiendas que venden ropa solo para parisinos. Esto no quiere decir que no se pueda entrar, incluso comprar algo. No piden el carné de identidad ni mucho menos. Pero si te da por probarte alguna prenda, se entiende rápidamente: el espacio para los brazos es mínimo, los pantalones apenas rebasan el tobillo y en los hombros parece que hubieran utilizado menos tela que en el resto de la prenda. Pero me divertí mucho con lo del tenis. Ese día llegué a casa y me reí mucho al contárselo a Pedro. En aquella época me reía mucho. Pedro también.

No desistí. Seguí con mi búsqueda de actividad, pero me fui a lo básico. Busqué el gimnasio más cercano del barrio y me apunté a clases de *crossfit*. Era un sitio bastante cutre, de esos en los que uno entra ya pensando en qué momento le va a salir un ratón o cualquier bicho de un recoveco. Pero, al mismo tiempo, la sensación al entrar fue muy diferente a la del club de tenis. Y eso que mi piel era algunos tonos más clara que la media de los que estaban allí. Pero me acogieron muy bien. Mejor que en el club de tenis. Sentí que era más mi sitio. Allí, entre ellos. Fue algo extraño. Y decepcionante al mismo tiempo. ¡Yo era uno de ellos! Un inmigrante más en la ciudad. Por más que en esa época quisiera ser un chico de París.

4

PERO EL INVIERNO LLEGA

Mi idea era vivir en París en un piso que tuviera un bar en la esquina. Un bar de esos en los que uno conoce al dueño y, nada más verte entrar, empieza a preparar el café tal y como te gusta, y luego te da los buenos días, o las buenas tardes, y te pregunta cómo estás. Pero no fue así: en la esquina tenía un laboratorio de análisis clínicos y una farmacia. Ahora puedo decir que los he visitado más que cualquier bar del barrio. El invierno llega, aunque uno no quiera, y lo que era sol, fiestas y risas, pronto desapareció.

Lo de la *rentrée* es una faena para el que no tiene trabajo y su única ocupación es ir tres veces por semana a un gimnasio de negros al lado de casa. Eso no era suficiente. Así que me lancé a buscar trabajo con empeño. Mi francés era ya más que aceptable para encontrar un empleo, por eso me concentré en mirar vídeos en YouTube de técnicas para actuar en una entrevista de trabajo en Francia y artículos sobre las preguntas que me podían hacer. A los dos meses el esfuerzo dio algunos resultados: me empezaron a llamar para las primeras entrevistas. Recuerdo lo guapo que me ponía cada vez que tenía una. Miraba por la ventana para imitar el *look* de algún chico elegante y lo reproducía con lo que tenía en casa. Siempre le mandaba una foto a mi madre. Ella me respondía «El que tiene clase…» o «Ya quisieran allí…», y a mí se me escapaba una sonrisa. Pero luego todo eran respuestas negativas. A veces, la mayoría de las veces, ni siquiera me daban una razón. Pero yo me contentaba pensando en que había entendido todas las preguntas. Eso era ya una proeza para alguien que acababa de llegar a un país nuevo y estaba aún descubriendo la lengua. A veces pienso que lo peor que he hecho es aprender francés. Me gustaría volver a ese tiempo en que no me enteraba bien de lo que decían a mi alrededor. No entendía los dobles sentidos ni la mayoría de las cosas que oía por la calle. Era más feliz. Pero ahora ya da igual. Y eso que el francés me curó la voz. Llegué a la ciudad con un nódulo en la cuerda vocal izquierda. «Sobreesfuerzo vocal», me dijo el mismo médico que quería extirpármelo. Pero como aquí se habla tan bajito y tan poquito, pues se ve que ha desaparecido. Eso o que hace ya algún tiempo que no salgo. De fiesta, quiero decir. Bueno, de fiesta y de casa. Me hubiera encantado que mi vida social hubiera sido algo más animada. Pero aquí eso de socializar no se lleva.

El caso es que no sé qué era peor, leer el *e-mail* con el rechazo después de una entrevista o ver luego la cara de Pedro al contárselo. La actitud de Pedro empezó a cambiar por este tema, por el trabajo. O al menos eso pensaba en aquel momento. Su carácter se volvió insoportable. Solo parecía calmarse cuando le decía que me habían llamado para una entrevista o que había recibido un *e-mail* en el que me comunicaban que pasaba a la siguiente fase en alguno de los procesos. Entonces su rostro se aliviaba, como el mío ahora cuando miro las cajas y me doy cuenta de que voy a dejar la ciudad en breve. Hasta se me relaja la mandíbula.

Hay un momento en la vida de una pareja en que, de repente, aquello que antes te hacía gracia se convierte en un problema. Y lo peor es que no se da uno cuenta de esa transición. Pero en mi caso coincidió con la llegada del invierno. Por ejemplo: si antes me confundía al hacer la compra porque no sabía el nombre de un producto, Pedro se reía y me hacía bromas durante una semana. A partir de ese invierno, equivocarme era un problema porque no podía confiarme una tarea. Al principio me dejaba su tarjeta si necesitaba comprar algo de ropa o cambiar de zapatos. Desde ese invierno se empezó a quejar porque no daba abasto entre sus gastos y los míos. Antes se divertía cuando proponía un plan pero no encontraba el sitio y acabábamos dando vueltas un buen rato por la ciudad. Una vez llegado el invierno, lo empezó a ver como una pérdida de tiempo y se lamentaba de que no fuese aún capaz de orientarme.

Pedro cambió. Y la ciudad con él. A ver, que yo lo entiendo. Es muy complicado vivir con una persona que, en la práctica, depende de ti para muchas cosas. Sobre todo en lo económico. Si me pongo en su piel, no debió de ser fácil aquella época. El pobre tenía un papelón. Aunque ya sabía lo que se venía cuando dejé todo para mudarme aquí con él. Pero lo entiendo. Aunque tuvo muy poca paciencia. ¡Porque yo fui rápido en todo! Aprender el idioma, arreglármelas en la ciudad… Pero debió de ser duro para él, no lo niego. Y yo nunca se lo reproché. Pero fue muy poco paciente. Además, nada de esto justifica que hiciera lo que hizo. Lo que pasa es que con el tiempo y a las puertas de irme todo se ve de otra manera.

El caso es que no vi venir ese momento. Y no estaba preparado. Menos aún para que coincidiera con el invierno. Es como si la ciudad se hubiera puesto de su parte y ambos hubieran iniciado una cruzada en mi contra. París empezó a mostrarme una cara gris. Tan gris como Pedro.

5

LA CIUDAD DE LA LUZ

Una de las cosas que ya había oído sobre París antes de mudarme es eso de que se llama la ciudad de la luz. Tardé más de lo que me hubiera gustado en descubrir que no era precisamente por las horas de sol. Ni siquiera de luz. En aquel momento leí mucho sobre el tema de tanto coraje que me entró. Hay varias teorías, pero en la que parece que hay consenso es en la de la instalación de alumbrado público de gas a principios del siglo XIX. Al parecer, fue todo un acontecimiento en la época. También están los que dicen que tiene que ver con la colocación de lámparas de aceite y antorchas bastante tiempo antes para disuadir criminales. O los que creen que se debe al protagonismo de la ciudad durante la Ilustración. Incluso he tenido que oír desde que vivo aquí a algún romántico que dice que es por la luz dorada de sus atardeceres cuando el invierno está a punto de terminar. A ver. Es cierto que la luz del ocaso reflejada en el puente Alexandre III en los últimos días de otoño es un espectáculo muy bello. Pero esto lo digo ahora que estoy a punto de pegarle una patada definitiva a esta ciudad. En cualquier caso, ninguna de estas razones tiene que ver con las horas de sol ni de luz. De eso en París no hay. París siempre está cubierta de color gris. De color gris París. El gris París es un gris que se instala en el cuerpo y, una vez que te ha calado, te hiela el corazón y te apaga los ojos para que no brillen. Sin darte apenas cuenta, te convierte en un habitante triste más para que no desentones. Porque esta es una ciudad en la que la alegría desconcierta. El caso es que de tanto exponerme a este gris me he quedado como el jarrón de alpaca que había en mi salita cuando era pequeño. De vez en cuando mi madre lo limpiaba con un algodón rosa para quitarle una capita verdosa y volvía a brillar. Ojalá estuviera ahora aquí mi madre para darme con un algodón rosa.

Antes yo no era así. Me pasaba el día cantando y me reía mucho más que ahora. Pero esta ciudad ha acabado con ese Javier. Y mira que lo he buscado, pero no hay manera. En la última sesión el psicólogo me dijo que estaba ahí y que nunca se había ido. Pero nada, no hay manera. Hay días en que casi puedo sentir en el cuerpo mis ganas de ver el sol. De romper el envoltorio gris. Cogería una escopeta y me pondría a disparar al cielo. Al cielo y a todo. A todos. Para ver si detrás de la cubierta gris hay luz. Si hay risas o alegría. Mi carácter se ha agriado tanto que mis amigos, los pocos que me quedan, ya ni siquiera me dicen cosas como que me he vuelto parisino o me he afrancesado. Ahora ya me miran y no me dicen nada. Y eso es mucho peor.

La cosa es que esto del gris no solo me pasa a mí. También les pasa a los de aquí. Lo que ocurre es que ellos ya nacieron así o les llegó cuando eran pequeños, entonces apenas han notado el cambio. Me faltarían horas para contar cómo es el carácter de los que llevan toda su vida aquí. Es tremendo. Con el tiempo he aprendido a defenderlos. O, más bien, a encontrar una justificación. Lo de la luz, por ejemplo. No me he leído ningún estudio científico, pero seguro que la falta de luz los ha hecho así. Tan… Tan así. No sé cómo no están todos en un psiquiátrico.

Todo esto lo empecé a descubrir ese invierno. Justo cuando a Pedro ya no le cuadraba nada en casa y yo me empezaba a agobiar por no tener trabajo y un plan en esta maldita ciudad. Por aquellos días tuve una conversación sobre este tema con Mateo.

—Ya empieza la temporada de los cuerpos flotantes —me dijo mientras cenábamos.

Debí poner cara de asombro porque no tardó nada en aclararlo.

—Sí, no sabés cómo es el invierno. No hay un *tour* en el que no nos encontremos un cuerpo. No falla.

—¿Un cuerpo, cómo? ¿De persona? —le pregunté con ánimo de que me corrigiera.

—¡Obvio! No va ser de una cabra.

—¿Y qué hacéis?

—Pues llamar a la policía del río, ellos se encargan.

—¿Y los turistas? ¿Qué dicen?

—¿Los turistas? ¡Esos no se dan cuenta! Siempre están embobados con Notre Dame, con la torre o con alguna historia que me invento sobre dónde vive tal o cual *celebrity*.

Miré a Mateo perplejo, como cuando mi tío me contó lo de que los Reyes Magos no existían para ser el primero y joder a mi madre.

—Una vez hubo una turista americana que sí que vio uno. —Empezó a reír de pronto—. Pasábamos justo bajo un puente cercano a la isla y el boludo se había quedado arrinconado contra uno de los pilares. ¡No sabés cómo se puso la loca! Casi entra en pánico.

—¿Y qué hicisteis? —le pregunté.

—¡Pues subir la música del barco! Créeme: no hay nada que una de esas cantantes francesas muertas no arregle. Padam, padam, padam… —Empezó a cantar—. Y el boludo dándose golpes allí por la corriente. Padam, padam, padam…

6

EL SÍNDROME DE PARÍS

El síndrome de París es un trastorno psicológico que afecta especialmente a los turistas japoneses que visitan la ciudad. Al parecer, experimentan un choque muy fuerte cuando descubren que no es lo que esperaban que fuera. Que la visión idealizada de la ciudad que les ha llegado a través de la publicidad, los libros y las películas, está bastante lejos de una ciudad tan cruda como el pescado que ponen en su sushi. Esto no me lo he inventado yo, sino que es algo bastante antiguo que diagnosticó por primera vez un psiquiatra japonés del que no recuerdo el nombre. El tema es tan serio que los afectados por este síndrome pueden llegar a tener alucinaciones, ansiedad, mareos, taquicardia y hasta sentimientos de persecución. De hecho, la embajada japonesa cuenta con una línea disponible día y noche para ayudarles. Es algo así como el síndrome de Stendhal, pero al revés: no es la belleza de la ciudad lo que causa estos síntomas, sino la masificación, la basura o la inseguridad. Cuando pienso en cómo son los japoneses, tan educados, tan limpios, tan ordenados, tan metódicos… no me extraña que entren en crisis al pisar las calles de esta ciudad tan hostil.

El problema es que nada de esto se ve en las guías ni en las películas sobre París. No nos cuentan nada antes de venir. Hasta yo, una vez aquí, tardé bastante en darme cuenta de todo esto. La campaña de *marketing* de París lo cubre todo y al final lo que exporta al mundo es una imagen de la ciudad más centrada en los cuerpos de pasarela, la ropa elegante y las calles relucientes. Todo muy lejos de la realidad. Sobre todo lo de las calles relucientes. La suciedad está muy presente en el día a día. Para empezar, está el tema de las ratas. Las ratas en París son un habitante más. Y no son tan encantadoras como en esa película de dibujos animados en la que una rata salida de las alcantarillas de la ciudad sueña con convertirse en un reputado chef. Es común ver carteles en los parques con unas letras grandes que piden que no dejes ningún resto de comida para evitar su presencia. Basta con que haya una leve concentración para que las ratas salgan de no sé dónde a devorar todo. Y hay mucha basura siempre en todos los parques. El parisino no es una persona puerca por naturaleza, sino por obligación. Quiero decir: las papeleras están siempre tan llenas que se ven obligados a dejar los restos de su picnic o del bocadillo del almuerzo fuera de ellas. Es como si los servicios de limpieza no dieran abasto por la cantidad de gente que hay entre ciudadanos y turistas. Y claro, esto es un banquete para las ratas, que siempre parecen estar muertas de hambre. De hambre y de frío. A veces creo que las pobres tienen tanto frío como yo cuando llega el invierno y mi abrigo importado de la península ibérica no es suficiente cuando el termómetro baja de cero.

Las ratas no solo están en los parques, también

aparecen en el metro y hasta en los restaurantes. Una vez vi a un camarero que recogía de entre las mesas un pequeño ratón con un recogedor de esos que son como una caja rectangular que se abre al apoyarlo en el suelo. El ratón estaba aún vivo, pero el camarero ni se inmutó. Los clientes tampoco. La convivencia con las ratas es tan común que un parisino de los de toda la vida es capaz de distinguir si se trata de un ratón o la cría de una rata con solo verle mover la cola entre las vías del metro.

Las ratas son el culmen de la suciedad de la ciudad, pero luego la mierda toma formas más comedidas en muchos más sitios. Comer fuera en París es todo un acto de valentía. No solo por los precios, sino por la cantidad de bacterias que uno puede pillar. He cogido más virus, bacterias y parásitos intestinales en cinco años aquí que en toda mi vida. En la caja de los papeles de médicos —ahora casi colapsada por los de Pedro— tengo toda una colección de resultados de análisis clínicos. De hecho, esta historia la podría haber dividido por periodos en función de los parásitos intestinales que he pillado. Todos después de visitar algún restaurante de la ciudad. Ese primer invierno me asusté bastante por esto. Llevaba varios días con dolores abdominales y decidí ir al médico, que me prescribió unos análisis. Cuando acudí de nuevo a la consulta a que me diera los resultados, la doctora me miró con atención:

—Se trata de un parásito poco común. ¿Ha viajado usted a algún país con un saneamiento del agua deficiente?

—No, señora. No he salido de París —le respondí perplejo.

Es tan común enfermar tras comer fuera que la ausencia laboral más común en París es tener una gastro, que es un fenómeno más leve que una gastroenteritis española, pero mucho más habitual. Tan habitual que se ha convertido también en la excusa cuando uno ha salido hasta tarde el día anterior y no ha podido levantarse para ir a trabajar. Basta con llamar temprano a la empresa y decir la palabra mágica: gastro. Tengo que confesar que la utilicé un par de veces cuando el cuidado de Pedro me dejó más de una noche en vela. Pero esto lo contaré más adelante.

La suciedad también está en los supermercados. No he visto supermercados más sucios en ninguna otra parte del mundo. Y no es que vaya por ahí esperando una limpieza extrema, casi de hospital, cuando voy a hacer la compra. Ni siquiera soy fan del olor a lejía, ese olor que inunda cualquier establecimiento español y que seguramente venga del afán heredado de la posguerra de evitar a toda costa lo viejo, lo sucio. Pero lo de los supermercados aquí traspasa los límites de lo decente. Tienen unos niveles tan bajos de higiene, orden y cuidado que una vez vi un expositor de vinos en promoción al que se le habían roto las patas y habían sujetado con panetones de Navidad apilados en el suelo. Y era el mes de abril.

No sé si en algún momento tuve el síndrome de París, pero lo cierto es que aquel invierno decidí ir al psicólogo por primera vez. Tenía mucho que comprender y sentía que no tenía las herramientas para hacerlo. No entendía la ciudad, la gente, sus modales, el clima, el cambio de actitud de Pedro, mis cambios de humor, la agresividad en la calle, la violencia porque sí, la hostilidad en los comercios, la hostilidad en casa, la lluvia, las nubes. Lo más difícil fue quitarme todos los prejuicios que tenía sobre ir al psicólogo. Quizá es algo de mi generación. Deberíamos ir al psicólogo como vamos al traumatólogo cuando tenemos un problema en los huesos o al otorrino cuando nos entra un pitido en el oído. Menos mal que me lancé porque no creo que hubiera podido lidiar por mi cuenta con todo lo que vino luego. No sé si conseguí contarle bien a aquel hombre todo lo que me pasaba. Su diagnóstico fue que debía hacer terapia de pareja. Pero no con Pedro, sino con París.

7

FRATERNITÉ

Vivo en un barrio en el que los perros tienen nombres más largos que sus dueños. Y, a veces, hasta llevan el pelo más arreglado que ellos. Esto lo cuento porque una vez Mateo me dijo que debería hacerme amigo de mis vecinos, como cuando éramos pequeños. Que antes uno se hacía amigo de los niños que vivían cerca, sin más reflexión, y que seguro que así todo mejoraba. Pero cuando oigo cómo llaman mis vecinos a sus perros, se me quitan las ganas de intentarlo. También me dijo que me mudara a otro barrio, más cerca del centro, que eso ayudaba a socializar. A estas alturas no me lo creo. Además, yo nunca he tenido problemas para hacer kilómetros en metro si es para ver a alguien y reírme un rato. Pero eso aquí no se lleva.

La cosa es que una vez que acepté el gris de la ciudad, y mientras seguía con mi búsqueda incesante de empleo, empecé a mirar de nuevo actividades tras el fracaso del tenis. Algo que, como el gimnasio, me permitiera salir más de casa, conocer gente y esas cosas. No es que no me gustase la vida en pareja, pero sentía que si salía de casa más a menudo ayudaría a la convivencia mientras no tenía trabajo. Además, por aquel tiempo Pedro me dejó de invitar a los planes con sus amigos. Algo que entendí sin problema. A ver, yo tampoco soy uno de esos gais a los que les vuelve loco la vida en pareja. No me gusta esa clase de parejas que viven como en una burbuja, aisladas del resto del mundo, y se compran un juego de café con dos tacitas. Y que conste que no tengo nada contra ellos. Pero yo, aparte del sexo y algún que otro abrazo en invierno, no soy muy fan de la vida doméstica. Y eso que con Pedro me sentía también cómodo con esta parte. Me encantaba. Quiero decir: no me importaba, de vez en cuando, cocinar juntos o ver una serie tumbados en el sofá un domingo por la tarde. Y ambos lo hacíamos a gusto. O eso creía. En fin.

La historia es que, después del fracaso del tenis, seguí la senda de buscar algo en donde hubiera inmigrantes, como en el gimnasio. Me apunté a clases de salsa. Ya tenía alguna experiencia y pensé que eso me ayudaría a conocer gente. Primer error. Y que el baile atraería a extranjeros o personas simpáticas en general. Segundo error. Nada más lejos de la realidad. Lo primero que diré es que todos eran parisinos y que tardaron mucho tiempo en saludarme. Hasta ese momento, cuando llegaba, lo máximo que hacían era mirarme. Eran ese tipo de personas con las que a uno le sale empezar a hablarles con un «perdón» por si acaso se molestan. Recuerdo que el día de la última clase antes de las vacaciones de verano se me ocurrió proponer ir a tomar algo al terminar. Creo que fue la segunda vez que he sido más osado en mi vida. La primera fue cuando le di dos besos a la japonesa que llegó a la casa de la familia de acogida con la que viví en Londres. Fue cuando me dieron la beca para estudiar inglés, aunque al final ni aprendí inglés ni nada. Era la primera vez que veía a una japonesa y, sin duda para ella, era la primera vez que tenía contacto con un occidental. Fueron dos besos bien apretados, pues llegó de noche y asustada porque se había perdido. Esto me lo contó la dueña de la casa antes de los besos. Yo quería que se sintiera bien arropada y se tranquilizara. Creo que hasta la cogí del brazo para enfatizar mi apoyo absoluto. Pero de esto no estoy seguro. Lo que sí recuerdo es que, cuando terminé de darle los besos, la pobre se quedó tan tiesa como una muerta. Con los brazos tensos y estirados hacia abajo, como un soldado. Pero bueno, esa vez no cuenta porque no era consciente. Además, tenía veinte años.

El caso es que, al terminar la clase de salsa, mientras nos cambiábamos, propuse lo de tomar algo. Tendría que haber grabado las caras. Me asusté tanto que pensé que había metido la pata con el idioma. Que había dicho una de esas palabras que, si le cambias el sonido de una letra, ya es una cosa soez. Como pasa con «rápido» y «polla». Pero no fue así. Lo sé porque aún recuerdo las palabras que dije. Y porque las busqué en el diccionario de camino a casa esa tarde. Porque me fui a casa sin tomar nada con nadie. Ninguno contestó.

De que los parisinos eran seres independientes que iban por la vida como los caballos a los que les ponen esas cosas junto a los ojos para que vayan todo el rato a lo suyo sin mirar a los lados tenía que haberme dado cuenta antes. Por ejemplo, cuando leí en las noticias que un hombre mayor se había caído en la calle y había muerto de frío porque nadie lo ayudó a levantarse. Pensaban que era un mendigo por su forma de vestir y lo dejaron en el suelo durante horas. Luego resultó ser un famoso fotógrafo y por eso salió en las noticias. Que si no, no se entera nadie. Se muere como uno más de tantos. O cuando leí que un joven de veinte años murió arrollado por un tren. El chico se había desvanecido en el andén y nadie acudió a socorrerle. Cuando el tren entró en la estación, lo enganchó y se lo llevó por delante. O también podría haberme dado cuenta cuando mis vecinos hacían como si miraban algo en el buzón para hacer tiempo y no cruzarse conmigo en el rellano y así no tener que dirigirme siquiera un saludo. Pero no. Desde luego nada que ver con la *fraternité* que predica el lema de su república. Una mañana que iba de camino a la academia donde estudiaba francés, una mujer se desvaneció en el metro. Sí, es algo que ocurre muy a menudo. Recuerdo que todos los que estaban en el vagón se preocuparon mucho y se afanaron por sacarla rápido al andén para que le diera el aire. Este episodio me tranquilizó y me reconcilió con ellos. Hasta que Mateo me contó por qué lo hacían.

—¡No tenés ni idea, loco! Eso lo hacen para que el subte no se detenga mucho rato y no los retrase. ¡No sabés cómo les rompe las pelotas!

Cuando me lo contó estuve al menos dos semanas con pesadillas. Soñaba que me desmayaba en el metro y la gente alrededor me quería sacar al andén. La estación era oscura y solitaria y el suelo se empezaba a cubrir de un líquido negro desde uno de los extremos. La gente se apresuraba a sacarme del vagón. Quería evitarlo, pero no me podía mover. El líquido avanzaba despacio hacia la puerta del vagón. Quería gritar, pedirles que me dejaran dentro, decirles que yo estaba bien. Pero mi voz se atrancaba al intentar pronunciar cualquier palabra en francés. El líquido se aproximaba poco a poco y empezaba a cubrir mis piernas, que ya estaban fuera del tren. La gente me empujaba hacia el exterior de forma violenta. Al final gritaba una palabra indescifrable y me despertaba siempre antes de que mi cuerpo saliera por completo del vagón. Pero ni siquiera con estos episodios me di cuenta. Así que intenté una y otra vez socializar, hacer amigos… Y me di mil veces contra la misma puerta. La misma puerta cerrada.

El golpe final llegó ese invierno. Mateo me llamó para tomar una cerveza al terminar de trabajar. Estaba muy serio. Apenas hablaba. Eso es muy extraño en cualquier argentino, pero en Mateo lo era aún más. Pronto supe por qué. Su chica había conseguido un puesto en una planta de energía nuclear en un pueblo del este de Francia y se mudaban en un mes para empezar una nueva vida alejados del ritmo agitado de la ciudad. El plan encajaba con las intenciones que tenían de ser padres. Además de que los dos estaban bastante hartos de París.

—Esta ciudad no es para niños ni para perros ni para personas mayores —sentenció.

Más tarde entendí que eso era algo que todo el mundo hacía en esta ciudad: irse.

Lo de Mateo fue un golpe tremendo. No me lo esperaba. Solo me consolaban dos cosas: que la primavera estaba a punto de llegar —y eso significaba que había sobrevivido a mi primer invierno en París—, y que Mateo me prometió una fiesta de despedida que se anunciaba extraordinaria. Además, su adiós coincidía con mi primer año en la ciudad. No tenía muy claro que esto fuera un motivo para celebrar, pero a Mateo cualquier excusa le parecía bien. Y yo me dejé llevar. Tan solo hubo un detalle que empañó la celebración, que ya tenía un aire triste por sí sola: Pedro decidió a última hora no acompañarme. A pesar de que insistí en que era algo importante, que todo el mundo iría con pareja, que era la despedida de ambos, que yo cumplía un año en la ciudad, que habían puesto muchas ganas en organizarlo, que Mateo se sentiría decepcionado, que yo me sentiría decepcionado... Nada de esto fue suficiente. La razón que me dio fue que ese mismo día había surgido un asunto importante en el trabajo que afectaba a su departamento y debía quedarse hasta muy tarde en la oficina porque habían tenido que constituir un comité de crisis y él era el encargado de liderar el equipo.

Aquella fiesta me costó dos cosas: una resaca enorme de la que tardé cerca de una semana en recuperarme y una pelea con Pedro aún más grande que la resaca. La historia que me contó no me pareció creíble y al día siguiente decidí buscar en las noticias el objeto de aquella polémica. No encontré nada. Algo raro porque por aquel entonces cualquier evento en su trabajo solía tener repercusión en los medios. Alguna vez había encontrado artículos sobre sus informes y actividades. Pero esa vez nada de nada. Algo extraño para el calibre que tenía, según él, aquel asunto. No sé lo que le pasó por la cabeza. Creo que se confió porque siempre pensaba que yo no tenía ni idea de lo que él hacía, que no sabía ni explicar a qué se dedicaba. Quizá por eso ideó aquella historia, porque pensó que pasaría desapercibida. Tras la discusión tuve que elegir entre indagar más sobre lo que había detrás de aquella excusa barata o dejar el tema a un lado. Elegí lo segundo. La cabeza ya me dolía bastante por la resaca como para añadirle otro problema más.

Lo de Mateo fue un varapalo y, al mismo tiempo, un adelanto de lo que me quedaba por ver con mis amigos en general. Al mismo tiempo que mi diminuta red social en París se desvanecía como la señora del metro, por España las cosas no iban mejor. Ya había oído hablar sobre la crisis de los treinta y la implicación que tiene en los amigos. Lo que no sabía es que esto me iba a llegar en una ciudad en la que socializar era una tarea tan complicada. Entonces ocurrió un fenómeno muy curioso, por llamarlo de alguna manera. Los amigos se fueron cayendo y, al mismo tiempo, no había otros para remplazarlos. Pasó como con los grandes cantantes españoles, que se están muriendo todos sin que haya otros que ocupen su hueco. Todavía no ha salido nadie que remplace a ninguna de las dos Rocíos. Ni siquiera esa chica que compone canciones como quien hace churros y las canta con una voz tan triste que cualquiera diría que está siempre al borde del suicidio. No hay comparación. En mi caso, ya no tenía claro si era algo que tenía que ver con la ciudad o con el momento de la vida. Al parecer esto es algo que le ocurre a todo el mundo a los treinta, pero de lo que apenas se habla. Lo empecé a entender por aquella época. Y sin poder refugiarme en mi vida doméstica, como ya he contado.

Antes de mudarme a París, ya había pasado por la etapa bodas. Me vine con más de la mitad de mis amigos casados. Pero eso es divertido. Vas a las bodas, disfrutas de la fiesta, lo pasas bien. Lo malo es cuando te das cuenta de que ese es el preludio de una etapa menos divertida. Que también llegó por esta época: cuando tus amigos empiezan a tener hijos. Entonces tienes dos opciones. La primera es tenerlos tú también. Esto, en el caso de los gais, es algo complicado. Y sería lo último que hubiera pensado con Pedro en ese plan y yo aún sin trabajo. La otra opción es descolgarse por completo de ellos y dejarlos ir. Es la más triste, sobre todo cuando son amigos a los que quieres y que te han acompañado en tus primeros treinta años de vida. Pero en mi caso, a miles de kilómetros de distancia, confieso que me costó algo menos. Además, hasta ese momento yo también había dejado ir a algunos amigos por mi propia voluntad. Claro que no sabía que me quedaría con pocos; si no, a lo mejor los hubiera aguantado algo más de tiempo. Antes de mudarme dejé de hablar con Sara, que se puso muy pesada con que tenía que venir a París a visitarme cuando lo único que habíamos compartido era un curso de redes sociales de una semana. Y a distancia. Rompí la relación con Raúl, que no paraba de preguntarme que cuándo me iba a echar novia y al que no me apetecía contarle ni siquiera mi plan B heterosexual. Dejé de responderle los mensajes a Laura, porque cada vez que le contaba que estaba regular con Pedro, me terminaba diciendo que ella estaba peor con su chico y que seguro que romperían el fin de semana. Ahora tienen dos hijos. Uno se llama Javier por mí. A Manu también le dejé de hablar. Pero fue más su culpa. No encajó muy bien cuando le dije que su novia tenía cara de querer escupirme cada vez que me veía. Así es la vida.

Si algo saqué en claro de aquel invierno es que eso de la amistad para toda la vida era una gran mentira.

Que está bien cuando uno no tiene hijos, cuando es joven para salir de fiesta y todo eso. En definitiva: cuando no hay problemas. Pero cuando llegan las mierdas de verdad, cada uno se mira el ombligo y se concentra en formar una familia y todas esas cosas. Y empieza a hacer vida doméstica. A quedarse en casa y a hablar de lo cansado que está. Cuando me hacía a la idea de que lo que me tocaba en ese momento en la vida era quedarme en casa con Pedro, sin familia, sin trabajo, sin apenas amigos y en una ciudad sin luz, me ponía tan triste como la madre de ese anuncio de dulces navideños que piensa que su hijo ha perdido el avión y no podrá pasar la Nochebuena con ella. Y encima, en mi caso, sin final feliz.

8

LA CIUDAD DEL AMOR

París es la ciudad del amor porque decir la ciudad del sexo resulta algo violento para ponerlo en los anuncios. Pero la realidad es que tiene que ver más con lo segundo, con lo del sexo. Lo comprobé aquella primavera. En los primeros días de sol, los parisinos se multiplican en las calles. A eso de las seis de la tarde empiezan a salir de hasta debajo de las piedras. Es cuando sacan sus gafas de sol. Porque sol apenas hay, pero cuando sale, molesta. También es época de estrenar pectorales. Los hombres se quitan capas de ropa e insinúan los incipientes músculos que han trabajado durante todo el invierno en el gimnasio. En el caso de las mujeres, ocurre algo parecido con los lunares de sus escotes. Se sientan en las terrazas de los cafés con un vaso de *rosé* y empiezan a quejarse de la vida. Dicen cosas como *ça va pas ou quoi* y mueven la cabeza ligeramente hacia un lado. Con una ceja levantada, como para darse un aire sofisticado. A veces dudo de si lo que quiero en realidad es estar en una de esas terrazas con ellos. Con el vaso de *rosé* y la cabeza ladeada. Hacerme su amigo. Pero ya es tarde para eso.

El caso es que la tensión sexual es exagerada. Uno

de los sitios donde más claro se ve es en el transporte público. Recuerdo ir con Mateo por esos días en metro de camino a su casa a ayudarle con algún asunto de la mudanza. Mateo es un tío que está bueno. Nunca podría sentirme atraído por él porque nada más conocerlo le di lo que se llama el abrazo del koala. Esto quiere decir que lo veo más como un hermano, como familia. Por más que me gusten los hombres. Pues eso, Mateo es guapo, pero lo que más llama la atención es que no encaja en el canon parisino. El hombre parisino es un hombre muy afeminado. Hasta tal punto de que con Pedro jugaba al principio a adivinar si un hombre era gay o parisino cuando nos sentábamos en una cafetería. ¡Lo que nos reíamos! Mateo es más bien destartalado y de aspecto tosco. Tiene las manos tan grandes y velludas que podría hacer temblar el vagón entero de una palmada. Y claro, esto en medio de hombres que cruzan las piernas a la altura de las rodillas y visten jerséis de cuello alto y elegantes zapatos de ante, destaca mucho. Y las mujeres lo saben. Pues cada vez que iba en el metro por esta época era descarado cómo clavaban los ojos en él. Le hacían un escáner de arriba abajo. El deseo se podía casi tocar. Al principio él no me creía, pero yo tengo un sentido más desarrollado para estas cosas. Se lo comían con la mirada. Como si aquellas mujeres se estuvieran imaginando, en aquel mismo momento, de vuelta a sus casas para encontrarse con sus maridos y sus hijos, que Mateo las agarraba con sus manos gigantes en mitad del vagón. A veces se lo decía durante nuestro trayecto. Le señalaba con disimulo de dónde procedían las miradas. Se ponía muy nervioso y hasta colorado. Pero en el fondo le gustaba.

Un día me confesó que también le había pasado en el trabajo, cuando le tocaba pasar por la oficina a firmar la nómina. Al parecer, la responsable de recursos humanos se le había insinuado varias veces. Yo creo que les debía de parecer exótico. Algo fuera de lo común. Aquí todo el mundo quiere seguir el canon. Todos son copias. En el momento en que se ponen de moda unas zapatillas, en unos meses las lleva media ciudad. Yo fui el primero que cambié mi forma de vestir y retiré de mi armario todas las camisas de cuadros y de colores llamativos. Mateo representaba lo diferente. Lo bruto, lo macho. Y eso las volvía locas.

En el transporte público esto se ha convertido en un problema. No hablo de las miradas, sino de los que van más allá. Los pervertidos que aprovechan las horas punta para rozarse con la gente. La mayoría suelen ser hombres que se aprovechan de las mujeres. Una forma de abuso asquerosa. Los *frotteurs*, los llaman. No me lo creía hasta que lo vi en las noticias. Pues eso, asqueroso.

Pero en general la historia se queda en algo más leve y consentido. Los cruces de miradas, el deseo, las ganas. Hay una necesidad de contacto físico latente en esta ciudad. Por ejemplo: hay sitios en París donde las mujeres van a que las toquen. Esto lo comprobé un día que fui con la novia de Mateo a un curso de una especie de baile brasileño del que no recuerdo el nombre. La compañera con la que iba siempre no podía ese día y Mateo le propuso que yo la acompañara. Ella aceptó y yo también. La novia de Mateo me caía muy bien. No solía coincidir mucho con ella, pero era una chica bastante simpática, de esas que tienen una sonrisa siempre en la cara, aunque te estén contando una desgracia horrible. Pues bien, cuando vi en qué consistía el baile, sus movimientos, la distancia que se establecía entre las parejas, la cantidad de mujeres que había concentrada en aquella sala un viernes por la noche, el perfil y la media de edad de aquellas mujeres, su situación, el perfil y la media de edad de aquellos hombres, su situación… me quedó claro que aquel era un sitio al que las mujeres iban a que las tocaran. Pero no de una forma lasciva. Para nada. Solo por una necesidad de contacto físico. En París la gente lo necesita. No sé quién ha instaurado esa estúpida idea de la distancia social y la burbuja y todo eso. Al final todo el mundo necesita lo mismo.

También lo comprobé cuando me inscribí a clases de yoga. Fue el psicólogo quien me recomendó por aquel tiempo que probara el yoga y la meditación. Y le hice caso. Pasé casi toda la primavera yendo al estudio que tenía más cerca de casa. Al mirar el programa, veía que la clase de uno de los profesores, en el horario que mejor me venía, estaba siempre completa. De hecho, me puse una alerta en el móvil para poder reservar mi plaza pronto y evitar quedarme sin sitio. Me bastó una semana para darme cuenta de lo que pasaba: aquel profesor de yoga era el único que se permitía saltarse la regla y tocar a las mujeres. Porque eran todas mujeres. ¡Y vaya forma que tenía de tocarlas! ¡Y vaya caras que ponían ellas! Él siempre avisaba al empezar la clase, por eso de cumplir con las normas sociales de la ciudad. Decía algo así como «Si alguien no quiere que le corrija las posturas, que por favor lo diga». Ninguna dijo nunca una palabra.

El caso es que lo de la ciudad del sexo le va mucho mejor a París. Con este panorama, la ciudad es un caldo de cultivo idóneo para la infidelidad. Es bastante fácil poner los cuernos. O, dicho de otro modo, es bastante difícil no caer en la tentación de ser infiel cuando el deseo sexual es algo que se respira en la calle. Por ejemplo, en París está lo que yo llamo el beso del día. Antes de que termine la jornada, siempre veo a una pareja besándose en la calle. Esto ha sido así en todo el tiempo que llevo aquí. No falla. Al principio puede parecer algo romántico que encaja con la imagen de ciudad del amor y todo eso. Pues bien, si observas con un poco más de atención, te das cuenta de que la mayoría de los que se besan no son pareja. Son amantes. ¿Y por qué lo hacen en la calle? Porque les da igual. Aquí los cuernos están institucionalizados. No se habla, pero se acepta. En París una pareja son cuatro. Como mínimo. Esto es una teoría que me contó Mateo, pero que luego pude confirmar con los amigos de Pedro, que son de aquí de toda la vida. Les atrae engañar. Una prueba: basta con comprar un buen ramo de flores y pasearse un rato por la ciudad. Es necesario andar con paso decidido, como el que va a un sitio cercano y que conoce bien. No sirve caminar como una chica a la que su novio le acaba de regalar un peluche gigante en una feria y gira la cabeza cada dos pasos para escudriñar las miradas. No, así no. Hay que hacerlo con aire resuelto. A los pocos minutos se notan los ojos de la gente. Primero, a las flores; luego, al que las lleva. De arriba abajo. Yo creía que era porque les despertaba ternura. Pero una vez más me equivoqué. Lo que les produce es atracción al fantasear sobre a quién ha engañado el dueño del ramo o a quién va a engañar. Y así todo.

Lo de las flores es una faena porque desde entonces

no las veo igual. De hecho, esto fue lo que me puso en alerta cuando en aquella primavera ocurrió algo extraño en casa. De camino a la clase de yoga bajé la basura. En París hay un cuarto de basuras en cada edificio. Cada vecino deposita las bolsas en el contenedor adecuado y luego, una vez al día, el servicio de limpieza los saca a la calle para que los vacíen los operarios en el camión. Cuando abrí el contenedor, vi que alguien había tirado un ramo de flores amarillas preciosas. Estaban sin tocar, aún envueltas en el papel de la floristería. «Algún vecino ha sido engañado», pensé. Tiré mi bolsa, cerré el contenedor y me fui a la clase. Lo curioso ocurrió al volver. Pedro ya estaba en la cama. Siempre se iba pronto a leer. Dejé la mochila en una de las sillas del salón. El abrigo de Pedro estaba echado sobre el respaldo de la silla. Al acercarme, vi que una de las mangas de su abrigo estaba manchada de un polvo amarillento. Era el mismo color amarillo de las flores. Lo toqué un poco. Era polen, polen de flores amarillas.

9

LAS FLORES NO
VALEN NADA

París es conocida por la cantidad de floristerías que hay en sus calles. O al menos eso piensa uno si, antes de venir, ha visto una cantidad aceptable de películas ambientadas en la ciudad. La imagen que ofrece el cine a veces es tan exagerada que uno piensa que aquí las aceras están llenas de puestos de flores y que es imposible caminar sin llevarse por delante un ramo de peonias o mancharse el abrigo al restregarse contra unas margaritas. Pero, una vez más, la realidad es muy diferente. En París hay más casas de apuestas, estancos regentados por chinos y tintorerías que floristerías. Muchos más. Cuando alguna vez me he encontrado con una película en televisión en la que aparece la ciudad, y no me ha dado tiempo a cambiar de canal, y he visto en la pantalla un sol radiante y unas floristerías con ramos de mil colores, me he preguntado qué calle sería y por qué yo nunca he pasado por ahí. Mi teoría es que todas las películas en París se han rodado en verano. Y que las flores las colocan ahí para el momento. No cabe otra explicación.

La tradición floral de París es algo indiscutible. Aquí llevan siglos conservando los jardines con flores. El jardín de Tuileries o el de Luxemburgo son algunos ejemplos. También los mercados. Hay mercados de flores muy bonitos, como el de la isla de la Cité, que está abierto desde principios del siglo XIX y fue protegido por el mismísimo Napoleón. También hay muchos pequeños barrios que son conocidos por reunir varias calles con fachadas muy cuidadas llenas de plantas. Pedro solía llevarme a pasear por alguno de ellos al principio. Pero de ahí a que esta sea una ciudad de flores por todos lados, hay un trecho. Y eso que el país en general tiene una predilección por estos espacios. Por ejemplo, en Francia existe el sello «Ciudades y pueblos floridos». Fue creado en los años cincuenta para reconocer los esfuerzos de los municipios por llenar las calles y los parques de flores. Pues bien, París no forma parte de esta lista. No tiene este reconocimiento. Ni se le espera.

Los esfuerzos por mantener esta leyenda de una ciudad florida son tantos que el asunto ha llegado a unos extremos exagerados. Esta ciudad vive de su imagen y parece que no se puede permitir que los turistas que visitan la ciudad no perciban esa estampa de película con flores saliendo de todas las fachadas. Es su modo de combatir el síndrome de París, de contrarrestar toda la basura de las calles y la rudeza de sus habitantes. Por eso muchos bares, restaurantes y comercios, decoran sus fachadas con flores de una forma exagerada. Pero no con flores naturales, sino de plástico. Es muy común ver establecimientos de los que apenas se puede leer el nombre porque el letrero está cubierto por coloridas ramas llenas de florecillas artificiales. Incluso en algunas terrazas he visto a clientes que han tenido que apartar estas ramas para que no acabaran dentro de su cerveza. La cosa ha llegado tan lejos que el ayuntamiento ha tenido que poner orden para regular estos adornos. La estupidez de esta ciudad no tiene límites.

Mi relación con las flores cambió en París. Ya no me gustan. Pero no por esa fobia que tiene mucha gente de pueblo por relacionar el olor a flores con un funeral o un cementerio. En mi caso es porque me recuerda a aquel episodio de las flores en la basura y de lo que significó. En aquel momento pensé que eran cosas mías y decidí que no iba a meter en mi cabeza ideas que no estaban y que quizá no eran necesarias. Cuando algo no está en mente, uno siempre encuentra alguna explicación que pueda justificar hasta el hecho más insólito. Esto fue lo que me pasó. Pero no lo pude sostener mucho tiempo. Mi actitud con Pedro cambió cuando dejé que entrara aquella posibilidad en mi cabeza. A partir de ese momento empecé a dudar de todo. Intentaba descubrir siempre una mentira en sus palabras, como cuando sabes que un niño pequeño te ha mentido y le haces repetir la misma frase pero con los ojos clavados en los suyos para comprobar si gira sus pupilas o, por el contrario, aguanta la mirada. Por ejemplo, a partir de aquel momento, si Pedro entraba en el baño con su móvil, pensaba que me ocultaba algo o que quería evitar que lo registrara. Lo más normal hubiera sido pensar que lo hacía para escuchar música mientras se duchaba o porque esperaba alguna llamada importante. O si hacía algo que significaba un cambio en sus costumbres, como subir alguna foto suya a una red social o comprarse unos pantalones nuevos, sentía de repente un pálpito en el pecho. Como si se me encendiera por dentro una pequeña alarma y no encontrara el botón para apagarla.

Pero, aun así, intenté mirar hacia otro lado. Y hubo algo que me ayudó. Como dije al principio de esta historia, las cosas llegan cuando tienen que llegar, aunque no siempre sea el momento más adecuado. Por aquellos días recibí un *e-mail* de una de las empresas para las que había hecho una entrevista. Había conseguido el puesto y querían que empezara en septiembre. Aquella noticia cambió mi humor, el de mi familia, el de mis amigos, el de toda la gente que me quería. Pero no el de Pedro. Decidí no hacerle caso a su reacción y me concentré en preparar lo que se anunciaba como una *rentrée* agitada. En el momento en que firmé el contrato, todo se ordenó. Fue como si algunas de las piezas de mi vida aquí que estaban todavía aisladas, se comenzaran a reagrupar. Aunque todavía quedaba la pieza de Pedro. El runrún de lo que podía estar pasando aparecía en mi cabeza de forma recurrente. Era como cuando de pequeño sabías que tenías que terminar los deberes pero hacías antes mil cosas mucho más interesantes, como jugar o ver tu serie de dibujos animados favorita: disfrutabas lo que hacías pero la voz del deber te perseguía en cada acción. Algo así sentía con Pedro.

Tardé en darme cuenta. Pero me di cuenta. Fue justo una semana después de firmar mi primer contrato en este país. Pedro me estaba siendo infiel. A ver, en este punto, y vista la manera en que se han desencadenado los acontecimientos, no me gustaría llenar esta historia con detalles de cómo lo descubrí, de cuánto tiempo llevaba haciéndolo, con quién, con cuántos, etcétera. Todo eso ya da igual. Aunque requiere un esfuerzo de contención extraordinario por mi parte. Pero prefiero que sea así. Por respeto a él. Tan solo diré que mi enfado fue monumental. El día que lo descubrí, el verano se había presentado ya de nuevo en la ciudad y un calor asfixiante salía del asfalto y subía hasta el tercer piso en el que vivíamos. Era un episodio de lo que aquí llaman *canicule*, que no es otra cosa que un calor espantoso que no se va ni de noche y que suele durar varios días. Así que recuerdo ese momento muy confuso, casi borroso. Decidí irme algunos días a casa de Thibault, que aunque era de forma oficial amigo de Pedro, supo ver lo ruin que había sido su amigo cuando se lo conté. Además, en aquel momento necesitaba hablar español, expresar todo en mi idioma, y sin Mateo en la ciudad, las posibilidades se reducían. La idea era pasar algunos días allí y reflexionar. Tenía una decepción muy profunda. Me sentí el gilipollas más grande de todo París. Y eso que París es grande. Mientras me batía por conseguir un trabajo, por lograr un sitio en esta maldita ciudad después de haber dejado todo por él, Pedro se divertía degustando cuerpos internacionales. Porque ninguno resultó ser local. Esto lo supe hace poco tiempo, cuando no me quedó más remedio que empezar a gestionar su teléfono. Es lo que tiene una ciudad tan grande, que las posibilidades son inmensas. Desde comer en un restaurante tibetano hasta montártelo con un camerunés.

Cuando esto ocurre, hay algo que se rompe. Es tan fuerte lo que se rompió entre nosotros que en el momento en que me enteré casi pude escuchar el sonido de algo que se quebraba. Las piezas volvían a estar desordenadas. Era un puzle que se descomponía. Un muro que se derrumbaba. Y en ese momento hay que plantearse si merece la pena recomponer los trozos. Aunque el resultado sea como cuando mi hermano y yo rompimos de pequeños el jarrón de mi abuela y luego lo pegamos con cola. Aún se pueden ver las grietas desde la entrada de la casa. Ya no solo la amistad era mentira. También lo era el amor. Los «yo nunca», los «para siempre»… Todo mentira. En París he aprendido a poner los «para siempre» en cuarentena. Esto es algo que me llevaré conmigo cuando ya pronto le dé la patada definitiva a esta ciudad.

Lo de Pedro fue una putada que, en otras circunstancias, hubiera abierto la puerta a irme. Como Mateo, aunque sin pareja y sin planes de formar una familia. Pero con un contrato firmado y lo que significaba esto para alguien que ha dejado todo para empezar una vida en otro lugar, el escenario era muy diferente. Nadie hubiera entendido una huida así en aquel preciso momento. Ni siquiera yo. Lo que debía ser un motivo de alegría en la vida de cualquier inmigrante como yo, se convirtió en una especie de condena que me ataba los pies a la ciudad. Incluso con una pareja infiel. La ciudad se me atragantaba. Y en ese momento, además de tener una vida social nula, tenía cuernos. Cuando quise ser un chico de París, no me refería hasta ese punto, desde luego. Una vez más decidí mirar hacia otro lado y volví a casa para intentar recomponer los trozos de mi relación. O al menos intentarlo. Ese verano hicimos un viaje, que es lo que hacen las parejas que no pueden tener hijos para arreglar las crisis. El mismo día que volví a casa también me fui a comprar ropa para mi nuevo trabajo. Con la tarjeta de Pedro, por supuesto.

10

MONSIEUR GARCÍA

En París hay empresas que se dedican a cualquier cosa. Es el universo europeo de las *startups*. Por cada loco que hay en la ciudad con una idea de negocio, hay otro más loco y más rico dispuesto a poner dinero para hacerla realidad. Esto lo pude comprobar durante el tiempo que estuve buscando trabajo. Recuerdo en particular una de las ofertas que vi pasar. Era de una empresa que había creado unas toallitas íntimas para hombres que se vendían como una solución eficaz y rápida para eliminar los malos olores del órgano sexual. El logotipo era una flor con forma de glande. Lo más gracioso es que en su web se mostraban campañas de publicidad que habían lanzado en los institutos, con un lema que decía algo así como «Tus parejas y tú estaréis muy contentos». Lo de la ciudad con el sexo es una historia que comienza a edades tempranas, como se puede comprobar.

Otra de las empresas con las que me crucé fue la de una aplicación para que las mujeres pudieran hacerse ecografías con su propio teléfono móvil y así evitar tener que enseñarle hasta el hígado al ginecólogo. La verdad es que nunca entendí muy bien cómo funcionaba, pero el vídeo promocional mostraba a una parisina en el baño que apuntaba la linterna del teléfono a su entrepierna con una sonrisa en la cara. Las mujeres en la publicidad siempre sonríen, da igual que anuncien una máquina de pelar patatas, una web de viajes o un jarabe para la acidez. Y digo que era parisina porque, al contrario de lo que ocurre siempre en los anuncios, esta llevaba el pelo sin arreglar, todo desbaratado.

También me encontré una oferta de empleo de una empresa que se dedicaba a recoger los restos de prótesis de los laboratorios dentales y se encargaba de gestionar su eliminación para ser respetuosos con el medio ambiente. Luego ofrecía a los laboratorios un sistema de puntos que podían canjear por los regalos de un catálogo. En él había desde una vajilla completa de plástico para los picnics hasta un crucero por el Mediterráneo para toda la familia. Todo muy ecológico.

Ninguna de estas fue la mía. Tras el verano empecé a trabajar como responsable de la atención al cliente para los mercados hispanohablantes en una empresa que se encargaba de gestionar el alquiler de habitaciones de hotel por horas. El nombre era Roomba, un juego de palabras con *room*, habitación en inglés; y rumba, que los franceses lo debían de relacionar con fiesta y diversión. Aquí les encantan los juegos de palabras para los nombres de sus empresas. En fin.

Al margen de lo que mucha gente pudiera pensar, la empresa era bastante seria. Al menos eso fue lo que me pareció cuando llegué. Digo al margen porque tuve que oír algunos comentarios sobre la decencia de un puesto como el mío, por eso del uso que los clientes podían dar a las habitaciones. Por si no ha quedado claro, en la ciudad del sexo nadie alquila una habitación de hotel por horas para echarse una siesta. Uno de estos comentarios vino de uno de los amigos de Pedro, que le dijo que él no podría tolerar que su pareja trabajase en una empresa así. No sé, quizá debió de pensar que era yo el encargado de acompañar a los clientes hispanohablantes hasta la habitación y certificar el nivel de satisfacción de todos ellos tras el coito. Absurdo. En cualquier caso, esto aplastó aún más cualquier destello positivo que suponía lo de encontrar trabajo. Si es que quedaba alguno tras el descubrimiento de lo de Pedro. Pero pronto se me olvidó, como se me olvida todo lo malo que me pasa.

Los primeros meses en el trabajo fueron muy buenos. Para mí era mi primera experiencia laboral en otro país y para ellos el primer trabajador extranjero que se incorporaba a la plantilla. Esto fue divertido al principio. Yo era la novedad. Me pedían que les enseñase insultos en mi idioma, hacíamos chistes sobre los clichés nacionales, etcétera. Me acogieron muy bien. Aquella oficina se convirtió rápido —demasiado rápido, quizá— en un lugar más amable que mi propia casa, donde la reconstrucción de mi relación con Pedro llegaba por fascículos. Pero lo que al principio era gracioso, luego se convirtió en algo excesivo. Recuerdo un día en que mi jefe hizo venir a la oficina a los inversores y me puso de ejemplo para probar la expansión internacional de la empresa.

—Hasta hemos contratado a un nativo real como *monsieur* García. Habla, Javier —me espetó delante de aquellos hombres.

—*Bonjour, messieurs* —dije yo con la mejor de mis sonrisas.

—¿Lo ven? Un nativo verdadero con su verdadero acento.

En París, durante la Exposición Universal de 1889, se instaló un poblado indígena en el que africanos, canacos y otras gentes traídas de sus colonias, hacían vida doméstica ante la mirada curiosa de los parisinos que se paseaban por allí. Es lo que se llamó luego un zoo humano. Tanto a los organizadores como a los visitantes les pareció aquella siniestra atracción algo exótico, que es lo que le debí parecer yo a mi jefe aquel día en la oficina.

En cuanto a lo de *monsieur* García, es porque el primer día en la empresa dejé de ser Javier la mayoría de las veces para convertirme en *monsieur* García, pronunciada la «c» como una «s». Así, de hecho, es como a mi jefe le gustaba llamarme, salvo cuando lo de *monsieur* le parecía demasiada categoría para un inmigrante, y entonces se le escapaba lo de Javier.

Mi jefe era una persona bastante singular. No puedo decir que fuera una mala persona, pero sí un perfecto gilipollas. Era uno de esos hombres muy católicos que van a misa todos los domingos con su mujer y sus cuatro hijos y que piensa que Dios lo ha hecho rico para salvar a las personas que se cruzan en su camino. Esto ya me resultó extraño en un país laico de verdad y en el que la religión forma parte del ámbito privado. Pero lo que más me desconcertaba era cómo conseguía justificar ante sí mismo una idea de negocio tan poco casta. Lo de ser un buen católico en todo debe ser agotador. En mi caso, no sé aún de qué me quería salvar. Quizá de que me gustasen los hombres. Esto le parecía curioso, siempre quería hablar de ello. De hecho, justo antes de que intentara irme de la empresa, se acercó un día para insinuarme que al italiano que acababan de contratar le gustaban también los hombres.

—Oiga, *monsieur* García, el nuevo es… Es… Como usted, ¿no? —dijo con una sonrisa picarona.

Yo lo miré sin ningún interés y le respondí que en mi país no acostumbrábamos a preguntar el primer día con quién se acostaba la gente, pero que si ese era el caso, ya tendría el cupo necesario para solicitar el sello de calidad gay *friendly* para la empresa, que eso ayudaba mucho a la imagen de marca. Y que además podría exhibirnos en la próxima visita de los inversores, que justo en el momento en que nos mostrara a aquellos hombres, yo me levantaría de la silla e iría al puesto del italiano a darle un beso en la boca. Así podría probar que era una empresa no solo internacional, sino también muy inclusiva. No se lo tomó nada bien. De hecho, la relación con él fue a peor tras ese episodio. Pero eso fue un poco más tarde.

Hasta ese momento, todo fue bastante rodado. Ascendí muy rápido y todo lo que puede ascender un inmigrante. Me nombraron Head of International Expansion, que básicamente quería decir que era yo el que se iba a tragar toda la formación del italiano, y del portugués, y del alemán que llegaron después. En el mundo de las *startups* parisinas adoran ponerle nombre a todo. Y si es en inglés, mejor. A mí me parecía todo un juego. Y me divertí mucho los primeros meses. Hasta que dejé de hacerlo. Todo cambió a raíz de las fiestas. No lo he dicho aún, pero en las pequeñas empresas parisinas es tan importante que hagas bien tu trabajo como que vayas a todas las fiestas. Y, si puedes, te quedes hasta el final. Yo con esto no tuve ningún problema al principio. En casa no me encontraba aún nada cómodo con Pedro, así que la idea de quedarme un día por semana más tarde y socializar en la oficina era muy atractiva. El problema es que las fiestas degeneraron poco a poco. O quizá fueron siempre así pero no me di cuenta. A día de hoy no lo sé, la verdad. Pero sí sé que uno de esos jueves me vi en una mesa de la sala de reuniones en la que había más polvo blanco que personas alrededor de ella. He dicho un jueves porque el jueves es el día que se dedica en París a los amantes y a los compañeros de trabajo, que en el mejor de los casos son las mismas personas y entonces se ahorran muchos quebraderos de cabeza. Los viernes son para las parejas. Esa era la rutina de los jueves después de terminar el trabajo. Quizá los primeros meses no lo vi porque me iba antes de la hora de las drogas. Pero luego, con lo del ascenso y todo eso, sentí que debía complacerles más con mi presencia. La hora de las drogas es una hora que varía según la fiesta, pero que es justo ese momento en que la gente de la que no se puede uno fiar se ha ido y ya solo queda un grupo bien reducido que no se va a escandalizar por nada de lo que pase a partir de entonces.

En aquellas fiestas podía pasar de todo. En otra ocasión recuerdo que abrí la puerta del baño y vi a un negro de dos metros que había sacado su sexo y no precisamente para orinar. Con él estaban Tanguy, el de *marketing*, y Sophie, la de recursos humanos. Me invitaron a unirme. Por supuesto dije que no. Bastante tenía ya. Por cierto, que en el baño de hombres había una máquina expendedora que, además de enjuague bucal, tenía las toallitas íntimas para hombres de la empresa de la que he hablado antes. Mi jefe pensaba en todo.

Después de varios meses con este ritmo, decidí dejar de quedarme a las fiestas. Una cosa es no querer volver a casa temprano para evitar tener que hablar con tu pareja y otra muy distinta es acabar como las grecas. Y llegado a este punto, me topé con el sectarismo de las *startups* parisinas. Cuando te contratan, entras a formar parte de su selecta familia. Así es como lo ven. Entonces, como he dicho antes, no solo basta con que hagas bien tu trabajo, sino que también debes honrar las fiestas, como si se tratase de un mandamiento. Lo que esperan de ti es que estés encantado de compartir todo con ellos, porque eso es lo que se espera de una familia. Que se comparta todo, que esté siempre unida. Cuando dejé de hacerlo, la actitud de mi jefe cambió. Dejé de ser alguien de confianza para él. Como si hubiera decidido salir de su comunidad, de su secta. Fue como una afrenta. Y eso se trasladó al día a día en la oficina. Dejé de ser el español gracioso, el extranjero de confianza, el inmigrante divertido, el trabajador incansable. Hasta el *head of* todo lo internacional. Y volví a ser Javier. Tan solo Javier.

Esto me hizo reflexionar sobre el trabajo. Desde luego que la concepción del trabajo que yo traía ya importada no era muy saludable. En España, la relación con el trabajo se acerca más al lema de los campos de concentración nazis, eso de «el trabajo te hará libre», que a una necesidad para ganarse la vida. Esto lo traía ya de base. Me sentía una persona más completa en ese momento porque tenía un trabajo. Y no un trabajo cualquiera. Era un trabajo en una oficina, de esos en que te sientas a las nueve de la mañana y te levantas a las seis. Con una hora para comer. Entonces lo que ocurre es que, cuando empieza a ir mal, buscas mil razones para relativizar cualquier situación tóxica. Y un día te ves a ti mismo diciéndote que en realidad tienes mucha suerte de tener un trabajo así en un país que encima no es el tuyo y con la mitad de tus amigos en paro al otro lado de la frontera. Y que deberías aguantar un poco más, aunque el precio sea meterse una rayita de coca los jueves. Al fin y al cabo, ¿qué es eso comparado con la desgracia de quedarse en paro?

Eso por un lado. Pero si encima te dan una tarjeta de visita, te dicen que eres *head of* lo que sea, que desempeñas un papel muy importante para la internacionalización de la empresa, que la atención al cliente es el centro del negocio y un pilar capital para los años venideros, que gracias a tu trabajo se ha alcanzado un nuevo récord en los beneficios anuales y que en verano te darán mil euros en cheques de Amazon, ¿qué más da si, cuando rascas un poquito, ves que todo está podrido?

Toda mi concepción del trabajo resultó ser mentira. Y lo descubrí en París. Era mentira lo que ya traía de base y era mentira lo que me encontré en la ciudad. Y entonces se derrumbó todo. Porque en mi caso, con la situación que tenía en casa y los problemas para socializar en París, el trabajo no solo se había convertido de forma inesperada en un pilar importante, sino también en la única vía para conocer gente, tomar algo y hablar con alguien que no fuera Pedro. Al menos aquel año me sirvió para mantenerme lejos de la vida doméstica. Y de Pedro. A mí lo último que me apetecía en aquel momento era volver a la guerra fría de las cenas con él. Además, por esa época, en vez de intentar arreglar lo nuestro con un extra de atenciones, él había decidido vivir de forma más independiente. Era muy común que apenas nos hablásemos. Pedro se convirtió en un ogro, un ser irascible capaz de reaccionar de forma desmesurada al más mínimo detalle que no se ajustara a sus exigentes normas. Por ejemplo, si se me olvidaba cerrar bien el bote de champú, montaba un numerito que podía ir desde tirar el mismo bote al suelo hasta explicarme en un tono infantil la diferencia entre abrir y cerrar; o si me equivocaba al elegir el detergente y compraba uno que no le venía bien a sus alergias, los gritos podían llegar hasta el edificio de enfrente.

Con todo este peso, tardé más de lo que me hubiera gustado en ver toda la mierda laboral. Pero la terminé por ver. Y eso fue lo que me pasó. Que la vi y quise escapar. El verano se acercaba de nuevo, y con aquella situación en el trabajo y en casa, la posibilidad de dejar esta miserable ciudad se presentaba ante mí de nuevo. Entonces hablé con mi jefe y le dije que llevaba ya casi un año en la empresa y que me gustaría conocer los planes que tenía para mí, que es básicamente lo que uno dice aquí cuando quiere irse. Me pidió que le diera un poco de tiempo y quedamos en hablar a la semana siguiente.

Menos mal que ninguno de los dos tomó una decisión aquel día.

11

La politesse

En París hay una cosa que se llama *la politesse* y que quiere decir que no importa que hagas la acción más perversa del mundo, si, antes o después de hacerla, añades dos o tres palabras que suenen a persona educada. No es necesario sentirlas, se pueden soltar de forma automática. Casi robótica. Y esto es lo mejor. Por ejemplo, si eres el último en montar en el metro en hora punta y no te queda más remedio que entrar a la fuerza, y decides llevarte por delante a un señor y pisar a otra señora, no pasa nada si sueltas un «*Ah, je suis vraiment désolé*». O si vas a la panadería y decides colarte por delante de tres personas, porque estás deseando llegar a tu casa y cualquier minuto cuenta, no pasa nada si añades un *bonjour* al llegar como quien no quiere la cosa y terminas con la artillería pesada: «*merci, merci bien, très bonne journée, à la prochaine*», etcétera. O si resulta que le has puesto los cuernos a tu pareja, y en realidad te importa bien poco, pero quieres pasar por alguien con sentimientos que está arrepentido por lo ocurrido, antes y después de contárselo, puedes añadir las mismas palabras. O si vas a matar a alguien, porque tienes tan pocos escrúpulos que prefieres verlo muerto a cualquier otra situación irreversible, pues sueltas las mismas palabras antes y después de hacerlo. Da igual la magnitud del hecho, lo importante es rodear la acción de estas palabras. A mayor crueldad de la acción, mayor es el número de palabras que se deben añadir para suavizarla. Esto es *la politesse*.

Aquel verano lo pude comprobar varias veces. Sobre todo en las salas de espera de los médicos. Esos meses tuve que acompañar a Pedro al doctor muy a menudo —quién me lo iba a decir, cómo cambiaron las tornas— y pasé bastante tiempo en aquellos pequeños espacios. Las salas de espera pueden ser un lugar terrible, pero sirven para conocer a la gente sin demasiados filtros. Los médicos en París están siempre en edificios elegantes, de esos que por la forma del tirador de la puerta de entrada ya se sabe que uno va a entrar en un sitio distinguido. Siempre me fijo en los tiradores de las puertas. Es un medidor de la clase o el dinero de la gente que vive en un bloque. Por ejemplo, si el tirador es la cabeza de una diosa griega a la que tienes que agarrar del pelo para abrir, es que se trata de un edificio noble. O si tiene motivos vegetales y es tan grande que uno no sabe si al tirar va a abrir la puerta o se la va a traer entera de un tirón, significa también que es un bloque de gente acomodada. No recuerdo muy bien cómo era el tirador del doctor que visitamos aquellos días. Pero sí recuerdo la sala de espera. Esperábamos nuestro turno y teníamos por delante a una señora que bien podría vivir en aquel edificio. No la habían llamado aún cuando entró otra señora, bastante mayor y con algo de dificultad para caminar. Incluso para oír. Esto lo adiviné por el volumen con el que dijo *bonjour* pese al tamaño de la habitación. La anciana preguntó que quién era el próximo y, cuando la señora que iba por delante de nosotros se identificó, le pidió que por favor la dejara pasar un momento, que se le había olvidado entregarle un documento al doctor y que lo estaba esperando.

—Lo lamento mucho. Pero si dejamos pasar a todo el que llega para un momento, me tengo que quedar aquí hasta la noche y tengo muchas cosas que hacer —lanzó la señora con aire grave.

En ese momento, Pedro me puso la mano sobre la rodilla para que me controlase, conocedor de mis reacciones de protector del civismo y la justicia. Por un momento pensé incluso que no había oído bien la respuesta, pero la señora tuvo que repetirlo, porque al parecer la anciana no la había oído bien. Y sus frases fueron las mismas, pero en un tono más alto. La anciana insistió en que solo se trataba de entregarle un papel al doctor, que lo había olvidado. Y que le había costado mucho esfuerzo llegar de nuevo hasta la consulta.

—A su edad hay que empezar ya a apuntar las cosas en un papel, que la memoria empieza a fallar —le respondió la señora, sin ninguna piedad.

Por supuesto, no solo le cedí mi silla a la anciana, sino que le dije que pasara a entregarle el papel antes de nosotros, ante la atenta mirada de la desdichada señora. Pero bien, lo curioso aquí es que la señora utilizó toda una retahíla de palabras agradables antes de dirigirse a la anciana y, una vez salió de la consulta del doctor, se despidió de ella con la misma serie de palabras. La magia de *la politesse* en París es que se puede ser una señora mezquina, desgraciada y sin alma, y al mismo tiempo hablar como si fuera la personificación de la amabilidad. Me sorprende cómo a la gente de esta ciudad le puede caber tanta vileza dentro y luego soltar unas palabras tan medidas, disfrazadas de un falso respeto. Esta ciudad es mentira hasta para ser educada.

La lucha diaria con estas situaciones me pasó factura. Al final creé una versión de mí mismo adaptada a la ciudad. No solo por los modales y las maneras parisinas, para que estos me afectaran lo menos posible, sino también como consecuencia de todo lo que se me fue derrumbando desde que llegué. Los pilares que, de una u otra manera, me sostenían, ya fueran verdaderos o falsos. Esto no lo digo yo, esto me lo explicó el psicólogo en una de nuestras sesiones. Hasta ese momento no lo había visto así, pero me pareció muy acertada su explicación. Es como si el nuevo Javier fuera una evolución del que llegó a la ciudad hace unos años. Un Javier más preparado para sobrevivir en esta jungla urbana que no sé si me hiela o me abrasa el corazón cada vez que paseo por sus calles. La versión de Javier en París se ríe poco, o más bien nada. Y siempre esconde una disputa en el bolsillo, porque no sabe cuándo va a ser atacado. Como uno de esos hombres que salen en los documentales sobre la naturaleza y llevan un cuchillo o algo parecido atado a la cintura para cortar ramas a su paso o para partir en dos un fruto y enseñarte su interior. La versión que he creado para esta ciudad tiene una especie de nube negra encima todo el tiempo y un viento que la quiere empujar, pero no lo consigue. Tiene los ojos más tristes y algunos cabellos canos. Pero lo que también tiene son muchas ganas de no existir, de no ser más que uno, el original. Ha llegado un momento en que ya no sé qué versión de mí actúa, si el de siempre o el de París. Hay cosas que me cuesta creer que las haya podido hacer el Javier original.

Lo malo de tener una versión de uno mismo en el entorno donde vive, es que también se tiene la sensación de estar siempre perdido, de estar fuera de sí, porque uno no es uno, sino dos. Y cuando se está perdido, sobre todo para una persona que nunca lo ha estado, se esfuma la propia confianza, y hay que ponerse a buscar experiencias para recuperarla, aunque el efecto sea tan efímero como el de esa droga que viene en botecitos de colores y que te da calor con solo olerla. Además, en mi caso, la confusión era mayor. No sabía a ciencia cierta las causas de todo esto. No sabía cuánto era por París, cuánto por Pedro y cuánto había de hacerse mayor. Lo que estaba claro era que el verdadero Javier estaba en mi país. Allí me sentía yo mismo. No hacía falta la versión parisina, la del escudo y la espada. Era la distancia la que parecía embarrar todo. La distancia es una enfermedad terrible que actúa despacio y en silencio.

Aquel fue un verano de médicos. El que podía haber sido el verano de mi vuelta a casa, se convirtió en un verano de análisis de sangre, radiografías, escáneres y mil pruebas más. Ya sabía que la solución a mis problemas era marcharme de la ciudad. Y en ese momento, a las puertas de dejar el trabajo y con una relación sin recomponer, el camino se abría de nuevo ante mí. Era un camino soleado que se extendía como en la cabecera de esa serie de dibujos animados en la que los personajes van caminando por el cielo bajo un sol resplandeciente y, a medida que avanzan, aparecen baldosas para que puedan seguir su camino sin caerse. Al menos así me parecía. Pero la sensación duró más bien poco. Justo dos días después de la conversación con mi jefe, en la que le dije que me gustaría conocer los planes que tenía para mí. Justo dos días después de que me dijera que le diera un poco de tiempo y que hablásemos a la semana siguiente. Justo después de ese día, Pedro me dijo que me sentara en el sofá porque tenía algo que contarme. Le temblaban las manos y los ojos le brillaban como dos canicas nuevas. Pedro tenía una enfermedad. Una enfermedad degenerativa, con el mismo nombre en francés y en español, y que, según le oí a uno de los médicos más tarde, iba a ir alterando las funciones de las células de sus tejidos, hasta dejarlas desgastadas por completo. Una de esas enfermedades en las que tu estado de salud se empieza a deteriorar de tal manera que tu cuerpo ya no es tu cuerpo, ya no responde, y da igual que tengas la cabeza encima de él o que la pongan sobre el televisor. Porque eso sí: su cerebro iba a seguir funcionando algo más de tiempo que su cuerpo. Y esto era casi lo peor de todo, porque quería decir que iba a ser consciente del deterioro.

Llegado a este punto, no me gustaría hablar mucho del tema por respeto a él. No quiero dar muchos detalles de en qué se convirtió su vida a partir de entonces. Y no porque él pueda leer esta historia, eso ya no es un problema. Lo hago más bien por su familia, por si son ellos los que la leen. Prefiero centrarme en mi reacción. En lo que hice al enterarme. Una noticia así le cambia a uno todos los planes, como es de imaginar. El camino soleado que se había abierto de nuevo ante mí, se convirtió en otro intento frustrado de abandonar la ciudad, que cada vez tenía más de cárcel que de lugar para vivir. Ahora me tenía que quedar para cuidar de Pedro. Nadie me lo pidió, pero así lo decidí. Esa fue mi reacción, mi decisión. Justo cuando más necesidad tenía de cuidar de mí mismo, aunque no tenía ni idea de cómo hacerlo. Lo de cuidar de mí, porque a Pedro aprendí a cuidarlo bastante rápido. Tras enterarme de la noticia, al lunes siguiente, volví a hablar con mi jefe, le pedí que olvidara nuestra conversación anterior sobre mi futuro en la empresa y le pregunté que cuándo era la próxima fiesta.

12

LA SOLEDAD

En París estoy tan solo que he empezado a utilizar el alcohol que hay en casa para cocinar, porque no tengo ni una sola visita. Esta es otra de las cosas terribles de esta ciudad: la soledad. La soledad en París no se parece a otras soledades que he sentido, como la de cuando estaba soltero, por ejemplo. Es otro tipo de soledad. Es como cuando de pequeño te pasaba algo en el colegio, te peleabas con algún amigo o algo por el estilo, y solo querías que viniera tu madre a darte un abrazo y a decirte que no pasaba nada, que no era importante. Con eso bastaba. Por unos instantes, sentías que el fin del mundo estaba cerca y que eras la persona más solitaria del universo. Solos tú y tu pena. Pues así, pero sin nadie que venga a darte un abrazo. Entonces a uno se le queda una constante sensación de vacío tan enorme, que el lugar donde se esté en ese momento empieza a hacerse grande y frío. Y cada vez más grande y más frío. Y alrededor solo escuchas a gente que habla un idioma que no se puede descifrar y que te mira con hostilidad. No te tocan, pero te observan como si les hubieras hecho el mayor agravio de sus vidas. Más o menos, esa es la soledad en París.

En mi caso, he tenido la suerte de poder contar con Pedro, a pesar de todo. Aunque no sé si suerte es la palabra correcta. Porque si no hubiera existido Pedro, yo no estaría en París. Eso está claro. Además, cuando llegan las mierdas de la vida, uno está solo consigo mismo en esta ciudad. No hay Pedro que valga. Y las mierdas llegan. Siempre llegan. Nunca antes me había sentido así. Tengo la sensación de que siempre he estado acompañado. Quizá no acompañado de tener gente a mi alrededor todo el tiempo. Pero desde luego que, para arreglar mis problemas, nunca había estado tan solo como ahora.

A partir de aquel momento, me empecé a sentir más solo aún. El cuidado de Pedro me sumió en una especie de hibernación a la que tuve que agradecer que me mantuviera algo más alejado de la basura de la ciudad, la de las calles y la de sus habitantes. Descubrí el placer doméstico. Ese que, por ejemplo, se encuentra en poner lavadoras y que la cesta de la ropa sucia se quede vacía con el mínimo número de combinaciones. Y oye, ni tan mal.

Pedro empezó a dejar de ser Pedro y su ausencia se percibía en casa de forma a veces exagerada. Se convirtió en una vivienda más silenciosa. Oía ruidos que hasta entonces no había percibido, como una especie de crujido que hacía la nevera cada hora. O el de las agujas del reloj de pulsera de Pedro, que al final tuve que guardar en un cajón. La situación cambió tanto que a veces me sentaba en el sofá a repasar los últimos eventos para tomar conciencia de todo. De repente me vi con mil asuntos que gestionar y con una persona que empezaba a depender de mí poco a poco. Mi rutina se convirtió en ir al trabajo, pasar por la farmacia o el médico, y volver a casa a ocuparme de las tareas. Las tareas domésticas y los cuidados que empezaba a exigir Pedro. Es increíble la cantidad de cosas que dejan de tener sentido cuando una desgracia así llega a una casa. Por ejemplo, ya no se pueden hacer planes a medio y largo plazo, porque no sabes cuál será entonces su estado. Cada vez que alguno de sus amigos llamaba para invitarlo a algún evento o para pasarse por casa a verlo, me veía obligado a decir cosas como «En principio sí, pero ya veremos cómo está». O «Cuando se acerque la fecha, te digo». Y así todo. Sé que sus amigos no se lo tomaron bien, pero, ¿qué otra cosa podía hacer? Eso por no hablar de los cambios que hay que efectuar en la casa. De repente, lo que antes era una cosa absurda, podía convertirse en un obstáculo. Desde una simple cuchara hasta la mampara de la ducha.

Algo bueno que trajo esta desafortunada enfermedad es que el carácter de Pedro cambió de nuevo. Pero esta vez para bien. Aquella noticia significó una tregua en todos los frentes que nos habían separado durante los últimos meses, como su infidelidad. Ya no tenía sentido preocuparse de asuntos que de repente se habían convertido en menores. Cuando llega una desgracia así, todo se ordena de una nueva manera. De una forma distinta. Todo se relativiza. Además, Pedro fue muy listo. Sabía que, tarde o temprano, iba a depender de mí por completo para muchas cosas. Era mejor idea llevarse bien con la persona que pronto sería tus manos, tus pies y hasta tu cabeza. Ocurrió lo que yo llamo el perdón del moribundo, que es ese aire de arrepentimiento y vergüenza que invade a los que se saben que van a morir y les lleva a pedir perdón por todo lo que han hecho para irse de este mundo con la sensación de haber limpiado la conciencia. Fue algo así, pero menos siniestro.

Las enfermedades son una putada para quien las sufre, pero también para el que convive con el enfermo. Los médicos me recomendaron apuntarme a cursos de apoyo para cuidadores, pero mi historial con las actividades en París era tan negro que ni siquiera se me pasó por la cabeza un segundo. Intenté concentrarme en el trabajo. Allí oía muchas tonterías, pero por lo menos era ya algo más de lo que podía oír en casa. Por aquel tiempo Thibault solía pasar bastante a menudo a ver a su amigo. La verdad es que, sin Mateo en la ciudad, fue mi único apoyo. Solía venir siempre con libros para Pedro y con la cena para mí, para que no tuviera que cocinar al menos esa noche, como siempre decía. Esto estaba muy bien y me ayudó a sobrellevar los meses más fríos de aquel invierno. Hasta en un momento le propuse que se mudara a casa. Me pareció una buena idea porque él quería cambiar de piso y mi barrio no estaba nada mal comunicado con su trabajo. Pero él no estaba preparado para ver a su amigo así a diario, según me dijo.

En mitad de aquel invierno, con el estado de salud de Pedro como una verdadera montaña rusa y con el mío que se empezaba a parecer a un coche viejo, decidí que necesitaba a alguien para que me echara una mano con Pedro y con la casa. En el trabajo mi jefe me recomendó a un chico que durante un tiempo había formado parte del séquito de inmigrantes que le hacían todo en casa. En línea con su afán de salvar todo el tiempo a la gente, quería buscarle una nueva ocupación. A mí me pareció una buena idea y quedamos en probar una semana a ver qué tal se desenvolvía en casa y con Pedro.

Kevin era tan grande que, cuando lo vi entrar por la puerta la primera mañana, tuve miedo de que se quedara atascado. De hecho, los primeros días me costó llamarlo por su nombre. Era como si aquella figura tan negra y robusta no se correspondiera con aquel nombre. Pero eso ocurre mucho en París, que los negros les ponen nombres a sus hijos que esconden propósitos extraños, como, por ejemplo, aproximarlos ya desde pequeños a una improbable integración. Una vez conocí a una mujer de origen africano que había llamado a su hija Bianca, que por si no se entiende, significa blanca en italiano. Pero lo de Kevin fue menos singular. Su volumen no era ningún problema para lidiar con Pedro, así que me pareció un acierto.

Al principio la comunicación fue algo difícil. No tanto por el idioma sino por su acento —algo así debían de pensar los franceses cuando me oían hablar a mí—. Por ejemplo, a veces me pedía que comprara algún producto para la casa, pero lo llamaba de una manera indescifrable. Entonces pasábamos un buen rato intentando describir el producto con mímica y con dibujos. Al final siempre le pedía que lo buscase en el teléfono en cualquier idioma y me mostrara la imagen. En algunos casos funcionaba y en otros no. En otras ocasiones tenía que repetirle mil veces sin éxito que hiciera algo. Como cuando, después de limpiar, dejaba el banquito que usaba Pedro en el baño lejos de su alcance, y entonces este se frustraba, y el enfado podía durarle días. Por más que se lo repitiera, había cosas que no le entraban en la cabeza. Pero en general fue bastante bien. Pronto se empezó a encargar de muchas de las tareas de casa y de algunos cuidados que necesitaba Pedro. Fui dejando en sus manos cada vez más asuntos, excepto los más importantes, como darle los medicamentos o leerle los mensajes que le enviaban al móvil. Pero para el resto fue una verdadera ayuda. Además, yo estaba muy contento de tener a alguien con quien hablar al llegar a casa, una persona que trajera nuevos ruidos y que acabara con el silencio de la casa que quería arrancarme de la cabeza.

Pude descubrir con Kevin muchas cosas sobre la realidad de los inmigrantes en esta ciudad. Me hablaba de su familia, de cómo vivían y de lo difícil que eran algunas cosas para ellos. Todas estas historias me reconfortaban bastante. Era como si, al escucharlo, la amabilidad se abriera paso entre la maleza de la ciudad. Me decía que había veces en que París le parecía tan hostil que solo le consolaba pensar en llegar a casa para ver a su familia, que eso lo arreglaba todo. Yo lo miraba con cierta nostalgia cuando me lo contaba. Pero también con algo de envidia. Varias veces estuve a punto de pedirle que me invitara a pasar un día con su familia. Pero este tipo de cosas no se hacen aquí.

13

ÉGALITÉ

La mezcla cultural en París es tan grande que, en el mismo día, puedes almorzar el plato estrella de la cocina de las islas Mauricio, merendar un postre judío, ver el desfile del año nuevo chino como si estuvieras en el propio país, llenarte el pelo de trenzas en una calle repleta de peluquerías africanas, comprar especias en una tienda de ultramarinos paquistaní y escuchar a un coro de góspel en una catedral americana. Ahora que intento hacer el ejercicio de quedarme solo con lo bueno de esta ciudad, creo que la diversidad cultural es una de esas cosas. París tiene una mezcla muy particular que la hace bastante interesante. O al menos así es como yo lo veo. No es el caso de sus ciudadanos, que son bastante racistas. No sé si son racistas o más bien clasistas. O quizá son las dos cosas. Y eso que lo de la *égalité* está en el lema de su república. Pero no parecen hacerle mucho caso.

El último plan que hice con Pedro aquel invierno, antes de que dejara de salir de casa, fue ir al cine. Uno de esos planes del manual de la pareja ideal a los que uno tiene que acudir cuando la relación está en un punto complicado, ya sea por una infidelidad o por una enfermedad. Aunque lo que menos te apetezca en el mundo sea tragarte una película francesa en la que todos los actores tienen cara de no haber dormido bien la noche anterior. Las películas francesas son todas así. Siempre van de una mujer o un hombre que está muy cansado de la vida y no para de quejarse y fumar y beber, hasta que recibe una mala noticia. Entonces tiene dos opciones: seguir fumando y bebiendo, o intentar arreglar la situación con ayuda de alguien. Estas personas suelen ser un abogado, sus propios padres —a los que hace un siglo que no ve—, o un amigo que vive en el extranjero. A menudo ambas opciones van juntas. Es decir: intentan cambiar la situación mientras beben y fuman. Incluso con más intensidad. El caso es que fui al cine con Pedro por aquella época. Estoy seguro de que las parejas que van mal siguen yendo al cine porque es un plan en el que pueden estar juntas durante tres horas sin tener que cruzar una palabra y sin que hacerlo suponga un tema. Pero de esto nadie habla. Fue un domingo por la tarde. Tengo un amigo que dice que el domingo por la tarde es el único momento de la semana en el que no le importaría tener pareja. La película apenas había empezado cuando la señora que tenía sentada al lado se dirigió a mí:

—Perdone, ¿podría dejar de comer palomitas? Vaya poca educación…

La miré atónito, como si no hubiera entendido una sola palabra de su francés. Luego le expliqué, con mucha corrección, que no me parecía nada extraño comer palomitas en el cine y que pensaba que no estaba molestando a nadie. Así que me las iba a terminar. La señora me volvió a mirar.

—¡Vete a tu país! —me soltó antes de levantarse para cambiarse de sitio.

En ese momento pensé en decirle que no había nada en el mundo que me apeteciera más que eso: irme a mi país. Pero no me dio tiempo antes de perderla de vista. No sé si hay varias técnicas para comer palomitas en el cine, pero en mi caso puedo asegurar que soy una de esas personas que adaptan el movimiento de la mandíbula a la película. De manera que si hay de repente un silencio en la escena y la música se detiene, dejo de masticar. En fin.

Quizá sea una ciudad clasista y racista a partes iguales. Sí, eso es. Aquí es fácil aún ver las diferencias sociales cuando uno observa el día a día en la ciudad. Ocurre con los puestos de trabajo. Es muy común ver cómo los puestos menos cualificados están ocupados por trabajadores con un color de piel diferente al de la mayoría de los parisinos, o con un acento muy fuerte. Casi como el mío. Yo debo de ser una contradicción en sus cabezas, una incomprensible excepción. Lo que un día oí que llamaban la buena inmigración —¿hay algo más clasista y racista que esto?—. Yo soy buena inmigración para ellos, que básicamente quiere decir que no soy árabe, que no vengo de un país pobre y desconocido —les gusta por eso del sol y la playa—, y que puedo desempeñar un trabajo más o menos cualificado. En resumen: un asco de concepto. Me da tanto asco como esta sociedad. Y eso que tampoco es que tengan aquí la mejor concepción de mi país. Un día entré en una tienda y, al oírme hablar con Pedro, la dependienta me preguntó en español que de qué parte de España venía, que su hijo vivía en Marbella y que la conocía un poco.

—Ah, ¿y qué tal vivir por allí? ¿No hay muchos moros y gitanos? —me preguntó al oír la respuesta.

No hace falta que jure que, por la manera en que levantó el labio y encogió la nariz, lo de moros y gitanos no tenía ninguna connotación positiva. Le respondí que sí, que había muchos, pero que yo era moro, así que no era algo que me molestara demasiado. Se calló y se fue a atender a otra clienta. Pedro se enfadó un poco. Me dijo que para qué mentía. Le respondí que para dejar a aquella estúpida en mal lugar. Además, en París me ha pasado varias veces que me han confundido con un francés de origen árabe. Creo que por la forma de mi nariz y la barba. Así que quizá sea hasta verdad.

Para ser justo, diré que también se puede encontrar a negros en puestos importantes en las empresas, como las finanzas o los recursos humanos. Esa clase de puestos que hace que quienes los ocupan muevan las manos todo el rato como los magos al terminar sus trucos de magia y caminen por la oficina como una dependienta cuando va de su tienda a otra más cercana a por una talla de un pantalón para un cliente. Cuando un negro tiene un cargo importante, se nota en la forma de vestir. Esto no me lo he inventado yo, sino que me lo dijo Kevin. Con Kevin en casa aprendí mucho sobre negros. Cuando ocupan estos puestos, tienden a exagerar la formalidad en sus atuendos. Es como si tuvieran que demostrar siempre más que los demás, como si, por ser negros, sus habilidades estuvieran en cuestión. Les debe pasar algo parecido a las mujeres. Pero si se compara el número de negros en estos puestos con la cantidad de ciudadanos de origen africano que hay en la ciudad, las cuentas no salen. Es más, parece una broma. Pero a los parisinos les encanta esta publicidad. Los ponen como ejemplo de una ciudad plural, los encajan casi a la fuerza en los carteles de campañas institucionales o en los anuncios de televisión. Aunque sea algo artificial, pues la realidad es otra.

La realidad la vi en mis visitas a la *banlieue*. La *banlieue* es una palabra que sirve para referirse a los municipios que rodean París, pero que en la práctica se consideran parte de ella. En función de cómo se utilice, puede ser desde un término común hasta algo despectivo. Es ahí también donde se concentra el mayor número de negros, de cualquier origen. No en todas las partes de la *banlieue*, pero sí en muchas. La *banlieue* es otro mundo, pero un mundo que, en mi opinión, se aproxima mucho más a la realidad de la ciudad, a lo que en verdad es y no a lo que quiere ser. Pero lo que pasa es que, al final, los pobres quieren ser ricos y los humildes, acomodados. Entonces todo el mundo mira a París como se mira a la prima rica a la que le ha ido bien en la vida, ha hecho dinero y ahora representa el éxito y el progreso. Y encima con el añadido de que los parisinos representan aquí algo así como la raza aria. Aunque luego sea tan mentira como la propia existencia de la raza aria.

Por aquella época fui varias veces a la *banlieue* porque quería donar las cosas que Pedro ya no necesitaba. En París uno puede sacar todo lo que ya no necesita a la calle en uno de esos días de *vide-grenier*. Esto es una especie de rastrillo en el que los vecinos venden lo que ya no quieren a otros vecinos o a cualquier persona que se acerque a echar un ojo. Pero lo cierto es que la idea de pasar todo un día junto a mis vecinos en la calle a la espera de poder vender cuatro abrigos, no me atraía. Kevin me contó que había varias asociaciones que se encargaban de recoger todo y repartirlo entre los más necesitados, así que fui a la *banlieue* varias veces. Siempre acompañado de él. Lo de las asociaciones en la ciudad funciona muy bien. Hay miles y muy diferentes; para ayudar a cualquier tipo de colectivo. La mayoría son creadas e integradas por inmigrantes. Así está hecho el mundo: al final, hay más humanidad entre los que más palos reciben. A mí se me partía el alma cada vez que tenía que llevarles algo que Pedro ya no podía utilizar. Pero Kevin me consolaba y me contaba lo que podrían hacer esas personas con todo aquello. Cuando veía aquel mundo paralelo, me preguntaba qué pensaría Kevin de mi situación. De que viviera con otro hombre, de que tuviera que cuidarlo, de la enfermedad. No sé de qué mecanismos tuvo que echar mano para encontrar una lógica a aquellas circunstancias tan alejadas de su mundo. En cualquier caso, nunca mostró una señal de desaprobación ni nada por el estilo. Al contrario: siempre fue muy cariñoso conmigo. Y muy empático. Sobre todo cuando, ya terminando el invierno, recibí la fatídica llamada.

14

LA FATÍDICA LLAMADA

Una de las cosas que peor llevo de vivir aquí es la fatídica llamada. La fatídica llamada es una llamada telefónica, a menudo de un familiar, que reciben las personas que están lejos y que tiene por objeto comunicar una mala noticia. Son las típicas llamadas de «Cariño, tu abuela ha muerto», o «Cariño, tu padre está muy malito», que es la versión suave para los más sensibles. Aunque en ambos casos la realidad es la misma: algún miembro de tu familia va a morir o ha muerto ya. Creo que esto de la fatídica llamada solo lo entienden las personas que viven lejos, porque es algo indisociable de la distancia. A mí me obsesionó durante un tiempo aquí. Me aterraba. Siempre pensaba en si me tocaría algún día. Y en cómo sería. Cómo haría. Si cogería el primer vuelo, si me daría tiempo a llegar para despedirme. Es algo que está en tu cabeza cuando vives lejos. Pero ya lo he aprendido a controlar.

Aún quedaban algunos días para la llegada de la primavera cuando mi teléfono sonó. Era una de esas llamadas. Algún día tenía que pasar. Mi abuela estaba muy enferma y debía ir. Kevin se portó muy bien. Me dijo que me fuera los días que necesitara, que él se quedaría día y noche con Pedro. Así que hice una maleta con lo justo y tomé un vuelo a primera hora del día siguiente.

La pobre estaba ya muy malita cuando llegué. Fue justo en esas horas en las que uno tiene que decidir si entra a ver al moribundo, pese a que ya intuye que será bastante triste. Pero me alegré de encontrarla al menos con un hilito de vida, aunque ya no pudiera reconocerme. Siempre me quedará la duda de si se daba cuenta de algo de lo que pasaba alrededor. Fue muy desagradable. El sonido acuoso de sus pulmones al respirar, los ojos vueltos, el rostro amarillo… Es increíble la cantidad de cosas que puede aprender uno en esas pocas horas frente a un ser agonizante. Desde cómo darle de beber o asearle, hasta inyectarle medicamentos a través de una vía. Al menos la pobre no se fue con dolor. Allí había botecitos de morfina para dormir a un caballo. Vaya desperdicio. Porque duró muy poquito ya en ese estado. Y menos mal. El resto fue todo burocracia y papeleo. Es horrible la cantidad de papeles que hay que rellenar cuando uno se muere. Pero fue todo bastante rápido.

Aquel episodio fue útil en algunos sentidos. Primero, porque fue la excusa para salir de casa y de la ciudad. Para tomarme un respiro de Pedro. Y segundo, porque me puso frente a frente con lo que no quería ser. Con la persona en la que no quería convertirme. Lo comprobé en el entierro, cuando desfilaron frente al féretro de mi abuela los pocos amigos que quedaban vivos y, al saludarme, se referían a conocidos que, como yo, también emigraron a Francia y habían vuelto. Pero para morirse. Se referían a ellos como personas casi desconocidas. Decían que hablaban con un acento raro y que habían perdido esa cosilla que tenía en los ojos.

—Pobrecito Rafael, parecía que había estado esperando a volver para morirse. No le lució la jubilación ni un año —decía una señora que usaba mi antebrazo como bastón y a la que yo no conocía de nada, pero ella a mí sí.

En aquel momento pensé que no me quería convertir en uno de esos españoles emigrados viejos y agrios que veo por París, que esperan impacientes a que llegue la jubilación para volver a su patria. La espera se les hace eterna. La jubilación parece no llegar nunca. Entonces se dan cuenta de que se les ha pasado la vida en un país que les ha tratado con la punta del pie. Porque encima llegaron cuando ser español era sinónimo de ser un maldito pobre. Muy trabajador, eso sí. Pero pobre. En un lugar donde no se quiere a los pobres. Y ahora, a las puertas de volver a su país, se dan cuenta de que se han hecho demasiado ásperos, demasiado viejos. Pero es que cuando ponen un pie en su país, comprueban además que son también extranjeros allí, pues ha pasado tanto tiempo que no se reconocen en él. No se hallan cuando hacen la compra, al hablar con la gente, cuando van al bar de Pepe, que ya no es el bar de Pepe, sino una cervecería inglesa en la que a lo mejor le hacen el favor de servirles un café. Y entonces, al salir de la cervecería, se dan cuenta de que no son de un país ni de otro. Y terminan sus días solos, sin amigos —porque la vida al otro lado de la frontera castiga más—, pero con las casas más grandes del pueblo, que han podido pagar con lo que han ganado en el país en el que nunca han sido felices de verdad. Todo esto lo veo en los ojos de los que están en París a punto de volver. Definitivamente, yo no quiero ser uno de ellos.

En España era ya casi primavera. La gente se alegraba de verme pese a las circunstancias y no paraba de darme abrazos. Desde que estoy fuera, los abrazos se sienten más. Recuerdo que me costaba salir de casa. Estaba bien con mi familia. Me cuidaban, recibía atenciones de todos. Pero era una sensación muy efímera que se desvanecía cada vez que miraba el móvil para leer alguno de los mensajes que me enviaba Kevin sobre Pedro. O cuando me preguntaban si había comprado ya el billete de vuelta. Entonces sentía de repente que los párpados me pesaban, como cuando uno tiene sueño pero quiere ver el final de una película. Me sentía tan seguro que hubiera cambiado todo lo que tenía por unos días más allí.

Tengo que confesar que intenté por varios medios retrasar mi vuelta tras el entierro. Hasta se me pasó por la cabeza no volver nunca. Pedro estaba bien. Kevin lo cuidaba y eso me tranquilizaba. Me enviaba fotos y vídeos cada hora. En el trabajo no me pusieron ningún inconveniente. Conocían bien la situación y esto de mi abuela lo vieron como una putada más. Así que empecé a buscar excusas para alargar mi estancia: que tenía que esperar a cobrar para comprar el billete, que me había tomado vacaciones además de los días que me daban por el fallecimiento, que la familia de Pedro había ido a visitarlo y no tenía sitio en casa en ese momento, que en el trabajo se mudaban de oficina y nos habían dado una semana libre a todos… Incluso el día en que mi hermano debía llevarme al aeropuerto, pensé en pincharle una rueda al coche o algo por el estilo que nos retrasara y me hiciera perder el vuelo. O decirle que me había equivocado de día. Pero nada de aquello tenía sentido. Durante el vuelo quise por un momento que el avión se estrellase, que mi cuerpo cayera en algún lugar de los Pirineos y toda aquella situación terminara también conmigo en aquel instante. Esto se lo conté al psicólogo en una de las sesiones que tuve a mi regreso. Fue entonces cuando decidió que debíamos vernos más a menudo.

15

LA FAMILIA

En París está el día de las abuelas porque, si no existiera, nadie se acordaría de que tiene una. Aquí el concepto de familia es muy diferente. Dudo incluso de que hicieran algo como lo que yo hice: coger un avión para despedirme de mi abuela. Tampoco me extraña. No se puede esperar otra cosa de una sociedad tan individualista y tan egoísta. Por ejemplo, aquí se tienen hijos de forma generosa, por lo general tres. Pero al momento de tenerlos, a los padres les apetece ya que sean seres independientes, que coman solos, que vayan a la universidad y hasta que se marchen de casa. Es como si al momento de parirlos les empezaran a estorbar. Pero aún así los tienen. Recuerdo lo que me contó una vez una compañera de trabajo. La oficina era un observatorio social para todos estos asuntos de los parisinos. Me dijo que de pequeña había viajado por mil sitios porque sus padres la llevaban siempre de vacaciones, pero que apenas recordaba nada porque, en cada destino, la dejaban junto a su hermano en una especie de guardería del hotel mientras ellos se iban a visitar la ciudad y hacer actividades. Había estado en Indonesia, en Marruecos, en Brasil y en media

Italia, pero no había salido de la zona de juegos para los hijos de los huéspedes. Pobre. Esta indolencia en las relaciones de padres e hijos se mantiene de adultos, pero con los papeles invertidos. Una vez presencié una conversación con el italiano de mi trabajo y uno de mis compañeros de París. Al padre del italiano le acababan de diagnosticar un cáncer de páncreas y le daban unos meses de vida.

—¿Cuántos años tiene tu padre? —le preguntó el compañero francés.

—Setenta y dos —le respondió el italiano.

—Bueno, ya ha vivido bastante —opinó el francés.

La cara del italiano fue una mezcla entre decepción e incredulidad. Se le quedó esa cara que se le puso a mi sobrino cuando le dije que las personas que salen por televisión no nos ven aunque nosotros sí los veamos a ellos. La frase me impactó tanto que no he dejado de utilizarla desde entonces. Por ejemplo, cuando el otro día llevé mis auriculares para ver si se podían reparar. Cuando el dependiente me dijo que no tenían arreglo y que mejor comprara otros, le solté «Bueno, ya han vivido bastante» y me reí. Esos auriculares me protegieron tanto de las tonterías que se escuchan en esta ciudad, que hasta sentí algo de pena cuando los dejé en la tienda para que los reciclaran.

Esta indiferencia por la familia también la tenía Thibault. Una de las veces que quedé con él para comer fuera y salir un poco de casa, llegó con algo de retraso. Me pidió que lo disculpase, pero había tenido algo de jaleo en casa porque a su madre la operaban esa misma mañana. Algo importante: le tenían que extirpar un riñón. Le dije, bastante apurado, que entonces debíamos haberlo dejado para otro día. Me dijo que no pasaba nada, al contrario, lo único que le preocupaba era que no podría quedarse mucho tiempo conmigo porque luego había quedado para jugar al tenis. No fue la única ocasión que tuve de comprobar las particularidades de las relaciones familiares de los parisinos. Otro día íbamos por la calle los dos y él se encontró de repente con un señor. Frenó en seco, se dieron un rápido apretón de manos y seguimos nuestro camino. Entonces le pregunté que quién era. Resultó ser un tío suyo que vivía en Bruselas y al que no veía desde hacía tres años. Y así todo.

Aquellos días de vuelta a donde pertenezco, me sirvieron para reflexionar sobre la visión que tenemos de la familia y sobre lo diferente que es aquí en París. En España la familia es algo sagrado. Una especie de tribu a la que se le presupone fidelidad y lealtad ya de base, sin ni siquiera tener en cuenta que antes que familia son individuos con sus egos y sus caracteres. A mí, el término familia me genera ahora algún reparo. Y eso que de mi familia no tengo ninguna queja. Pero, con esto de la enfermedad de Pedro, he comprobado que no todas las familias son iguales. Por ejemplo, la suya. Por eso prefiero usar el término mi gente, que me parece mucho más justo e inclusivo que el de familia. En mi gente entra la familia —aunque no toda—, pero también los amigos más cercanos. En este tiempo me ha dejado de convencer el concepto tradicional de familia, ese que traemos ya al nacer en la mochila de españoles. La idea de familia que cabe en la frase «una madre es una madre», o en la aparentemente banal «al final la familia es la familia». Pues a ver: hay veces que sí. Y ojalá siempre fuera así. Pero, lamentablemente, no hay nada que sea inherente al lazo familiar.

Cuando te conviertes en padre o madre, no te dan una maletita llena de amor por tus hijos. Yo lo vi en aquel momento con la actitud de la familia de Pedro. Todos miraron para otro lado y me dejaron solo ante una situación de tal magnitud. Nunca me había llevado demasiado bien con ellos, pero de ahí al vacío absoluto, hay un trecho. Mi cabeza se tuvo que ajustar rápido para entender que detrás de la palabra padre o madre no tenía por qué haber un alma protectora, un amor incondicional. La familia, en cierto modo, también era mentira. Como el amor, como la amistad, como el trabajo. Pero decidí mirar a otro lado, como hicieron ellos, y construir una nueva concepción de familia que se ajustara más a la realidad.

Volví a París con mi familia, que era Pedro. Llegué en aquel vuelo con la cara descompuesta y un nudo en el estómago, pero en cierta medida contento de que el avión no se hubiera estrellado. Puestos a resignarse, mejor llegar a París entero. Pedro se mantenía estable, pero cada día le pesaba en el cuerpo como si hubiera pasado un mes. Era como los perros, que cumplen un año pero en realidad son siete. Algo así. A veces su cuerpo se quedaba tan rígido que parecía un muerto. No podía doblar sus brazos ni sus piernas. Otras veces se quedaba aturdido, casi desfallecido, y había que darle golpecitos por el cuerpo para despabilarlo. Kevin lo había cuidado muy bien. Le estaba tan agradecido que la noche que llegué le dije que le invitaba a cenar fuera. Al fin y al cabo, junto a Thibault, era una de las dos únicas personas que tenía en la ciudad, mis únicos apoyos. Sobre todo Thibault, claro. A partir de la muerte de mi abuela se convirtió en alguien muy importante para mí. Fue muy atento desde aquel episodio. Pasaba más a menudo por casa y solíamos salir a comer y pasear. Todo cerca para no dejar a Pedro mucho tiempo solo. También íbamos al cine y al teatro. Incluso me llevó casi obligado a alguna fiesta cuando Kevin podía quedarse por las noches con Pedro. Esos meses fueron muy entretenidos y el verano llegó sin apenas darme cuenta.

16

PARÍS NO VALE
UNA MISA

En París la religión no es algo que esté por todos lados, como ocurre en las ciudades de países muy católicos o musulmanes. Aquí la religión es algo que pertenece al ámbito privado. Los parisinos no llevan cruces colgadas del cuello, ni llaveros con la imagen de un Cristo, ni tatuajes con la cara de una Virgen, ni nada de ese estilo. Esto no quiere decir que no haya manifestaciones religiosas. Hay muchas y muy variadas. La mezcla cultural de la ciudad lleva consigo también una mezcla de religiones. Pero en ningún caso es algo que haya tomado el día a día de la ciudad, que se pueda palpar en el supermercado o en los colegios. Aquí sería impensable una Semana Santa con imágenes recorriendo la ciudad al son de la música y hordas de gente aclamándolas. O escuchar los rezos musulmanes a toda voz por un hilo musical en la calle. El laicismo es algo serio, el Estado se encarga de velar por que sea así y sus habitantes se sienten orgullosos de ello.

Al final todo esto tiene un impacto en los

ciudadanos y se traduce en más libertad para muchas cuestiones de la vida. Aquí las mujeres, por ejemplo, no llevan a cuestas esas mochilas que les colocan en España nada más nacer y que tienen que ver con el peso de la educación religiosa generación tras generación. Una vez le pregunté a una compañera de trabajo parisina que por qué no tenía novio. Vaya pregunta estúpida que le hice, por cierto. Me respondió que ella era muy joven y que tenía edad de conocer a unos y a otros y de pasarlo bien sin ningún compromiso. En mi país, por menos de esto, la hubieran etiquetado de algo nada bonito. Aquí la mayoría no ha crecido con los mandamientos ni con las cruces. Al menos en la capital. Se sienten libres. Y lo traen ya de base nada más nacer.

También se ve en las relaciones. Están mucho más avanzados. Por ejemplo, es bastante común que las parejas vayan a clubes libertinos. ¡Y hay muchos en la ciudad! Al parecer, a los parisinos siempre les ha gustado ir a estos lugares a divertirse. Es una afición bastante antigua pero que se mantiene en la actualidad. Los clubes libertinos son lugares a los que la gente va a practicar sexo con cualquier persona. Da igual que estés soltero o en pareja, la cosa es pasarlo bien. Hay también gente que va tan solo a tomarse una copa, sin ni siquiera tener sexo, y hay parejas que lo hacen como una distracción, como quien va los sábados a jugar al tenis. Esto es muy normal en París, hasta tienen todo un barrio que va de eso. A mí me parece bien, la verdad. Aquí las relaciones son como un programa de televisión: cuando la audiencia empieza a flojear, hay que traer a invitados especiales para levantarla; o incluso cambiar al presentador durante los meses de verano. Estos lugares sirven para eso, para buscar entretenimiento para la pareja.

En esto París es diferente a otras grandes ciudades. Aunque tampoco es que sea para todo lo demás como Londres, por ejemplo. Tanto en una ciudad como en otra, puedes ir por la calle con un loro en la cabeza: en Londres, ni te miran; en París, sí. Pero en las dos puedes ir con total libertad con el animal. Esto me gusta de aquí. Lo de la libertad, no lo del loro.

París es de alguna manera la ciudad del erotismo, lo que pasa es que, una vez más, no ha querido exportar esta cara tan frívola y ha optado por lo del romanticismo, que es mucho más suave y tiene mejor venta. Pero si se repasa su historia, desde los prostíbulos o los cabarés de antaño, hasta los clubes de ahora, se puede ver con facilidad la lujuria en sus habitantes. Y no solo están los clubes libertinos, también hay miles de *sexshops*, librerías eróticas, *spas* con habitaciones del amor y hasta tiendas especializadas en preservativos. En París el erotismo sí que ha tomado las calles.

Todo esto lo sé porque durante una época fui con Thibault a varios de estos sitios. Yo siempre le decía que no, que me daba un poco de pudor, pero al final terminaba por ceder. La realidad es que soy muy curioso. Bueno, eso y que necesitaba dosis extra de entretenimiento con el plan que tenía en casa. Pero nunca hice nada raro en esos sitios. Eso lo puedo asegurar. Thibault siempre me convencía para ir. Me hablaba de que, a partir de los treinta años, todo eso se iba a acabar, que ya pronto no tendría ganas de salir de fiesta ni nada así; que había que darse prisa. Me contaba que en realidad la vida era muy corta, y que había que aprovecharla, y que *carpe diem* y *tempus fugit*, y todo ese rollo. La verdad es que, cuando se ponía a hablar con frasecitas que parecían sacadas de los estados del Messenger, me ponía histérico. Lo que pasa es que en su voz y con su acento francés, resultaba algo gracioso. Me contaba historias de lo que se decía de aquellos lugares. Había uno al que, al parecer, iba a menudo una famosa chica Almodóvar afincada en París. Pero la verdad es que ninguna de las veces que fuimos nos encontramos con ella. Siempre que íbamos a uno de esos lugares, nos pedíamos una copa en la barra. Él apoyaba su codo en ella y, con la otra mano, hacía un gesto ceremonioso, como un pase de torero, para mostrar lo que pasaba a su alrededor. Siempre el mismo gesto.

—¿Lo ves, Javi? París bien vale una misa —soltaba con aire solemne.

Me explicó que era una frase que dijo un monarca francés que se convirtió al catolicismo para poder reinar. Y que quería decir que a veces era conveniente renunciar a algo para conseguir lo que se desea. A mí me ponía enfermo aquella frase y le respondía que París no valía ni una misa ni dos. Él se reía. Ahora que estoy a punto de darle una patada a la ciudad, sigo pensando lo mismo. Desde luego que París no merecía nada de todo esto que he vivido.

En cualquier caso, guardo muy buenos recuerdos de aquellos meses. Fueron muy intensos. Era como si, en alguna parte dentro de nosotros, supiéramos que los días en París se estuvieran acabando para ambos. Que había que exprimir la ciudad. Porque la situación cambió. Y para mal. Un día de junio de mucho calor quedamos a comer en la *brasserie* que había justo abajo de casa. Thibault estaba serio. Esquivaba mi mirada y, entre frase y frase, ocultaba el rostro tras la carta del restaurante. Esa cara ya la había visto en otra ocasión. Así que le pregunté: «¿Te vas de la ciudad, verdad?». Y él asintió. Siempre había querido vivir en España. La empresa para la que trabajaba iba a abrir una sede allí tras el verano para gestionar los mercados de habla hispana y él vio una oportunidad de hacer lo que llevaba tiempo persiguiendo.

Para que Thibault dejara París estaba preparado. O eso creía. Pero lo que me pilló por sorpresa es que fuera tan pronto, en aquel momento, justo cuando más lo necesitaba a mi lado. Y que el destino fuera España. Para eso no estaba nada preparado. En aquella ocasión no hubo fiestas de despedida. El resto del verano lo pasamos buscando el piso en el que empezaría su nueva vida. Se sentía mal, así que me implicaba en todo lo que tenía que ver con su traslado. Elegimos el apartamento juntos, miramos las panaderías que tendría alrededor, su itinerario hasta la oficina, los museos que debía visitar, los restaurantes. Así hasta que se fue. El pasado cuatro de septiembre Thibault dejó París para siempre. Y desde ese día, la ciudad me empezó a pesar más, como la mochila cuando vuelves a casa después de un largo viaje.

17

UNA JAULA DE ORO
(Y ZINC)

A veces he pensado en irme a dormir a un hotel para ver si veo la ciudad de otra manera al despertar. Para ver si a la mañana siguiente me levanto con los ojos de un turista y de repente encuentro bonitas sus calles y la gente me parece amable. Para ver si el encanto de sus edificios me ilumina el rostro. Para ver si me basta con su belleza para librarme de una vez de esta nube negra. Pero ya es tarde para esto. Sé que la nube negra se irá en cuestión de horas. En cuanto mi cabeza se dé cuenta de que mi tiempo en esta ciudad se ha acabado.

A partir de septiembre mi vida en París se convirtió en algo muy triste. Fue como si de las aceras hubieran salido unos enormes barrotes, el cielo siempre encapotado se hubiera vuelto más oscuro y poco a poco las calles se hubieran convertido en una jaula. Pero una jaula preciosa. Porque los edificios son extraordinarios. La arquitectura de París es una maravilla. Esta es otra de las cosas buenas de esta ciudad. Me gustan sobre todo los tejados. Todos tan iguales, todos de zinc cubiertos de una fina capa de óxido que les da ese color gris azulado tan característico. Parece que intentan camuflarse con el gris del cielo. Pero los imponentes muros llenos de chimeneas no los dejan. Cuando llueve, que en realidad es todo el tiempo, las gotas producen un sonido muy particular al impactar contra el zinc. Como para recordarte que sigues en París, por si se te había olvidado. Esto fue obra de un señor, el barón Haussmann. Le encargaron modernizar la ciudad en el siglo XIX y lo hizo a golpe de demolición. Más de veinte mil edificios cayeron. Es el responsable del diseño de la ciudad tal como se ve hoy. Cuando vives aquí, aprendes que estos tejados son en realidad un problema porque, con el cambio climático, se han convertido en una de las causas de las olas de calor de la ciudad. Pero eso es otro tema. Lo importante en esta ciudad es lo que se ve por fuera. Todo fachada.

Esta necesidad de aparentar se ve con el yeso. París es una ciudad enyesada. Pero con mucha discreción y mucha pintura. La afición por este material es más antigua aún. Se empezó a usar por su resistencia al fuego, porque antes las casas fueron de madera. Muchas de estas fachadas se han conservado. El yeso está en las molduras, en las cornisas, en los elementos decorativos… Lo que pasa es que lo empezaron a cubrir hace años con muchas capas de pintura. Querían ocultar un material menos prestigioso, con unos atributos sociales bastante bajos y alejado de la modernización que llegó más tarde. En definitiva, les pareció un material que no estaba a la altura de una ciudad tan cortesana. Pero si rascas, hay yeso. Mucho.

También me gustan las entradas de metro *art*

nouveau que le encargaron a Guimard. Este fue un arquitecto que ideó unos postes serpenteantes con forma de tallos que tienen una esfera roja en los extremos, como si fueran los ojos de un insecto que se quiere comer a todos los que entran o salen del metro. Me divierte pensar cuánto les jodió a los parisinos la instalación de aquellas exageradas estructuras que rompían con la sobriedad de la época. Las juzgaron de poco francesas, según leí una vez. A veces veo sus caras junto a ellas y me los imagino hace dos siglos diciendo eso de poco francesas con sus labios torcidos. No creo que su carácter haya cambiado tanto desde entonces.

En París el mobiliario urbano es también muy elegante. Últimamente he paseado tanto que empecé a contar las fuentes Wallace que hay en el barrio. Esas pequeñas fuentes verdes que están repartidas por la ciudad y de las que nadie se atreve a beber porque, nada más acercarse, su olor echa para atrás. En una de estas fuentes puede haber más mierda que en todo el Sena. No recuerdo bien quién decidió pintarlas de verde, pero sí que el objetivo era darle un toque de naturaleza a la ciudad. También son verdes las columnas Morris, que sujetan los carteles de los eventos desde hace siglos, y los quioscos. Pero estos dos elementos no los he contado.

En cualquier caso, París es una ciudad preciosa. Aunque a veces lo niego. En realidad no es que lo niegue, pero no me gusta decirlo. No quiero que salga de mi boca nada que justifique estar aquí un minuto más. Estoy cansado de oír eso de que tengo mucha suerte de estar en una ciudad tan bonita. De que tengo mucha suerte de vivir en París, de ver todos los días sus calles, sus edificios. De poder pasearla todos los días. Todos los días. Todos los putos días en esta maldita jaula que encima es preciosa. Pero no es suficiente.

Desde principios de año he podido pasear mucho por la ciudad y fijarme con atención en todos estos detalles. La razón es que en enero me echaron del trabajo. Desde que terminó el verano, mi situación se había vuelto tan complicada que, al parecer, mi jefe y mis compañeros lo notaron en mi rendimiento. Iba tan solo un par de días a la oficina. Me dejaban trabajar desde casa en vista de la situación. Allí me había convertido en una persona ausente para ellos. Lo reconozco. Apenas me hablaban. Mi jefe tampoco me solía molestar mucho y me dejaba bastante a mi aire. Por eso, cuando me llamó para darme la noticia, me sorprendí. Me habló de motivación, de entrega y de cosas de ese estilo que no recuerdo bien. Yo solo asentí y le pregunté que cuándo debía recoger mis cosas. Los compañeros quisieron dedicarme la fiesta del jueves, pero les dije que no me apetecía mucho una celebración en aquellos momentos. Y lo entendieron. Así que en enero empecé a pasear y a fijarme en todas estas cosas que acabo de mencionar. Al principio buscaba alguna excusa para salir. Por ejemplo, si la crema de manos que le gustaba a Pedro la vendían en un supermercado que estaba a cuatro paradas de metro de casa, pues iba a pie. O si el *croissant* de almendras y chocolate que me volvía loco lo vendían en la panadería que estaba junto al río, me desplazaba hasta allí en una larga caminata. Ese era el evento del día. Pero poco a poco fui perdiendo el temor a pasear por pasear, sin rumbo fijo y sin ninguna razón en particular. Y así he pasado el resto del invierno. En febrero, un día en que el mal tiempo dio una tregua, caminé tanto que rompí la suela de una de mis zapatillas. Kevin se rio mucho cuando llegué y se lo conté. A veces me fastidiaba un poco escuchar esos restos de conversaciones que se quedan en el aire cuando uno se cruza con una persona. Eso era lo único malo de pasear. Al menos siempre estaban los perros. En París me consuela mirar a los perros por la calle. Con los perros pasa como con los niños: son niños, por muy gilipollas que sean sus padres. Pues con los perros y sus dueños es igual.

18

VIGILIA

Llevo tanto tiempo sin ver el sol que se me ha olvidado lo que es la sombra. Kevin me dijo un día que esta es una ciudad sin sol porque hay mucha gente mala en ella y se lo merece. Estoy de acuerdo con él. Los españoles y los africanos deberíamos unirnos más. No sé por qué no hacemos comunidad. En París, la media anual de horas de sol es de mil setecientas. Esta es una cifra que, para empezar, está por debajo de la media del país. Pero si encima la comparo con la de alguna ciudad de la costa mediterránea española, como Valencia o Almería, ambas con más de tres mil horas de sol al año, París se queda muy corta. Kevin me dijo también que no era justo si comparaba París con ciudades de España o de Italia. Tenía razón. Pero entonces puedo poner el ejemplo de Reikiavik, en la oscura Islandia. Allí la media anual de horas de sol está en torno a las mil trescientas. Es decir, que no está nada lejos de París. Un año tiene ocho mil setecientas sesenta horas, de las que en mil setecientas brillará el sol en París. Esto quiere decir que, durante las siete mil sesenta horas restantes, no habrá sol. De estas horas, pasaré durmiendo un total de dos mil ciento noventa, si tomo como muestra la media de estos últimos meses de unas seis horas diarias de sueño. Esto hace un total de cuatro mil ochocientas setenta horas al año en las que no veré el sol. Si tengo en cuenta que la doctora dijo en la última visita que Pedro podría estar así hasta diez años más, esto quiere decir que me podrían quedar hasta cincuenta mil horas sin ver el sol aquí en París. Que si lo transformo en días, son más de dos mil días sin ver el sol. Por eso esto tiene que acabar. Porque si no, en diez años los muertos seremos dos. O peor aún: porque a lo mejor soy yo el que se va antes con una situación así. Y a ver quién cuida de Pedro. Por eso esto tiene que acabar. Y porque ya Pedro no es Pedro y yo ya no soy yo. Porque el gris de París no solo está en la calle, sino que se ha metido dentro de casa. En el salón hay nubes negras más grandes que las de ahí afuera. Las veo también al entrar en la habitación; me persiguen por la cocina, en el baño, cuando le doy masajes a Pedro para que no se le duerman las articulaciones o cuando lo arrastro del sillón a la cama. Pero esto ya se acaba. Ya es cuestión de horas que desaparezcan. Llevo semanas soñando con lo que acabo de hacer. Sueño que, cuando se acaba, vuelo hacia un pueblecito muy blanco y lleno de sol. Hay tanto sol en sus calles que los rayos se reflejan en las paredes blancas de las casas y apenas puedo caminar; me molestan los ojos. También se oyen pájaros. Y si miro bien lejos, al horizonte, se adivina el mar. Un mar azul. Del mismo azul que el cielo. Y yo voy andando por las calles de ese pueblecito. Y me encuentro con unos y con otros. Todos sus habitantes me llaman por mi nombre y me dan el pésame. Pero yo no estoy triste. Estoy aliviado. Tan aliviado que, cuando me dan el pésame, les sonrío y sigo caminando. Con mis gafas de sol. Llevo gafas de sol, pero no para ocultar los ojos hinchados de tanto llorar o de las noches en vela. Al contrario: las llevo para que no me moleste el sol.

Hace unos días dejé de salir a pasear. Ahora me dan episodios de ansiedad cuando camino. Voy por la calle y todo me resulta una agresión: la velocidad de los viandantes, la basura acumulada en las papeleras, los coches que no respetan los semáforos. Acelero el ritmo para llegar antes a casa o para meterme en la estación de metro lo más rápido posible, pero no sirve de nada porque las calles parecen hacerse más largas a mi paso. A veces tengo que parar y sentarme en un banco a respirar. Y entonces veo que la nube negra también se ha parado conmigo y está justo encima de mi cabeza. Pero me calmo y retomo mi camino. También me pasa cuando tengo que hacer la compra o ir a la farmacia. En la cola para pagar siento que todos me miran, que quieren colarse. O que protestan porque he tardado demasiado en meter la maldita tarjeta en el lector. A veces me parece oír que me han hablado, que me han preguntado algo y no he podido responder porque no he entendido ni una palabra. Pero en realidad no ha ocurrido. Ahora me encargo yo de todo porque he tenido que pedirle a Kevin que dejara de venir. Vamos, que lo he despedido. Sin trabajo y con todo el tiempo para ocuparme de Pedro, no tenía mucho sentido. Además de que no sabía por cuánto tiempo iba a poder seguir manteniendo sus costes.

Por eso he empezado a salir a pasear de madrugada. Por eso, y porque apenas duermo de noche. A esa hora la ciudad se queda en silencio. No es como lo que dicen de otras ciudades, eso de que nunca duerme.

París sí duerme. Es mucho más agradable pasear sin gente, sin apenas coches ni ruido. A esa hora solo están los sintecho. París es una ciudad llena de personas sin hogar. Durante el día son también visibles pero, en el vacío de la noche, parecen multiplicarse. Ya logro identificar a casi todos los del barrio. Algunos me resultan divertidos, como esa señora que da saltitos adelante y atrás con un periódico abierto entre sus manos, al mismo tiempo que dice *un, deux, trois* muy bajito. Se tira un buen rato así antes de meterse en su saco de dormir. También paso a menudo al lado de un señor que tiene una enorme rata como mascota. Los dos muy aseados. La rata lleva una cuerda atada al cuello, así que no hay nada que temer. La semana pasada lo vi de día, de camino a la que ha sido mi última sesión con el psicólogo —aunque él no lo sepa— y vi que le había recortado el pelo a la rata. Estaba reluciente, con sus bigotitos hacia arriba.

De la hostilidad de la ciudad cada vez me siento más lejos. De la hostilidad de la ciudad y de la de casa. No sé qué versión de Javier ha hecho esto. Imagino que la de París, no creo que la otra sea capaz de nada así. O quizá sí. No lo sé. Ninguno de los dos tiene ya nada que perder. Cuando uno ya no tiene nada que perder, desaparecen los miedos, las cadenas, las ataduras, la culpa… Cuando uno ya lo ha perdido todo, empieza a ver todo con más claridad, con más luz. Y así es como empiezo a ver las cosas en este momento.

19

LIBERTÉ

La primavera en París no llega al mismo tiempo que en el resto del país. La primavera en París es ese momento en que puedes salir a la calle sin bufanda y abrirte el abrigo para que el vientecillo, aún bastante fresco, te dé en la cara y el cuello sin que se te erice la piel. Ese es el momento exacto en que llega la primavera a París. A veces ocurre antes de la fecha oficial; otras, después. Es una primavera traicionera, porque aún se guarda días de frío y alguna tempestad. Pero el simple hecho de poder caminar por las calles sin enfundarse mil capas de ropa ya implica un cambio en la gente, en el ambiente, en el ritmo de la ciudad en general.

Esta primavera es muy diferente a la primavera de cuando llegué. Es muy triste. Pero es necesario que sea así. Es una primavera tímida, con un sol que se esconde tras una nube que ha empezado a ser más clara. Hace días que intento sonreír cuando me imagino aterrizando en mi país sin el billete de vuelta a esta ciudad. Pero cada vez que empiezo a sonreír, hay algo que tira de mí para que me detenga. Es como si tuviera un freno que se activa cuando llevo un par de segundos sonriendo. Entonces vuelvo a los ojos vacíos, al rostro grave. Es una primavera algo incierta. Mi mente lucha por proyectarse en el sol, en los baños de gente, en los abrazos y las risas. Pero mi cuerpo se estremece aún cuando pasea por las habitaciones de esta casa. Es una ilusión comedida; un dolor llevadero. Desde luego que ya no queda nada de la ciudad de mis primeros años. Ya no está Mateo para que me escuche y me diga que lo estoy haciendo bien o mal; para que me saque a cenar empanadas argentinas o para salir una noche y burlarnos de los burgueses parisinos. Ya es que ni siquiera puedo beber porque bastan dos copas para que me acose un dolor de cabeza insufrible. Ya no está Kevin para que me hable de su mujer y de sus hijos y me demuestre que hay rinconcitos en esta ciudad llenos de humanidad. Ya no está Thibault para echarle en cara su condición de francés y que me haga reír con algo que no consigue decir del todo bien en español. Para que me dé un abrazo y me diga que todo va a salir bien. Ya tampoco está Pedro para que me corrija cuando pronuncio mal alguna palabra en francés, para que nos riamos cuando confundo los nombres de las verduras. Bueno, ese Pedro dejó de estar hace ya tiempo. Justo cuando decidió echar por tierra nuestra relación, todo lo que habíamos construido. Parece que todo se paga en esta vida. Ya tampoco está la timidez, la inocencia, la risa en los labios, las visitas, los amigos, el trasnochar, las lecturas en francés, los conocidos de los bares, las fiestas en las casas, los encuentros furtivos, la ambición desmedida, las llamadas diarias, las felicitaciones de cumpleaños, las invitaciones de boda, los «te echo de menos», los «cuándo vas a venir», las sorpresas, las flores, la felicidad doméstica, el caminar sin auriculares, las ganas excesivas, las alegrías repentinas. Ahora hay otra cosa: un velo de conciencia y desencanto que lo cubre todo. Basta con ver las fotos de cuando llegué. Parece que las hubiera cubierto un filtro sepia y ahora son las fotos de otra persona que ha vivido dos décadas antes. Tengo la sensación de haber vivido más en los últimos cinco años que en el resto de mi vida, aunque la suma sigue dando treinta. Yo soy ahora otra persona. Ya no creo en la familia, en el trabajo, en los amigos, en el amor. Todo eso ha quedado atrás. La decepción es tal que me encantaría poder empezar de cero, con todo lo que sé ahora; construir una versión de Javier con toda esta información. Una vez oí en el autobús que me llevaba a la universidad a una mujer bastante mayor que decía que habría que ser viejo primero y luego joven. Ojalá pudiera darle a un botón y empezar de nuevo. Eso es lo que quiero.

Pero es primavera y, mientras guardo algunas cosas en cajas, intento contagiarme de ese runrún que traen las rachas de viento algo más cálido. Es una mezcla de sonidos de pájaros y de gente que ríe; de vasos de cristal en las terrazas y de ventanas que se abren. Se me revuelve un poquito el estómago, como en un primer día de colegio. Me he puesto música además, una de esas *playlists* con una selección de canciones para subirte el ánimo. Seguro que me ayuda. No muy alta, por si no escucho a Pedro desde la habitación. Las mudanzas tienen algo de simbólico. Meter las cosas en cajas siempre me genera una sensación de final, pero también de principio. Esta se antoja larga y complicada. Pero cuanto antes empiece, será mejor. He hecho una lista con todas las cosas que debo dejar zanjadas. Pedro lo primero, desde luego. Cuánto me alegro de ser ateo en este momento. No me quiero imaginar cómo sería añadir a todo esto la culpa católica, el pecado. Bastante tengo ya. No podría ver esto como lo que es: un favor que le he hecho. A él, a mí y a todos. Cuando lo pienso, me entra un airecillo por el cuerpo que me da hasta escalofríos. Pero unos escalofríos buenos, como de libertad. Es eso: libertad. *Liberté*, como dicen aquí. Es eso lo que me falta, lo que me ahoga. Lo sé. Cada vez que he tenido una angustia en mi vida, ha sido por eso, porque había perdido la libertad. O porque me la habían quitado. Pero no una libertad adolescente, esa de reclamar una autorización para salir sin hora de vuelta. No, esa no. Me refiero a la libertad de elegir, de controlar mi destino. La libertad de dar marcha atrás si me equivoco, la de tener la capacidad de rebelarme, de cambiar las cosas. La contraria al conformismo, a la resignación.

20

LA DESPEDIDA

Pedro ya no se enterará de nada, a pesar de esta historia. Su familia y los pocos amigos que le quedan quizá sí. Pero me sorprendería mucho que, después de la ausencia que han demostrado estos últimos meses, tuvieran ahora una opinión sobre lo que ha pasado. Si yo fuera ellos, estaría tranquilo. Daba gusto verlo esta mañana cuando le di su medicación. Era como uno de esos geranios que hay en los balcones de París en pleno invierno y a los que el portero del edificio —portugués, seguro— le ha quitado las hojas secas de alrededor. Entonces solo queda una matita muy pequeña, con muy poca vida, pero con dos o tres pétalos de un color rojo tan intenso que deslumbra en el lienzo gris de la ciudad. Así estaba Pedro esta mañana.

Pedro era mentira, al igual que lo era todo: la familia, el trabajo, los amigos, el amor, París. Puede que a mí me quede por vivir ahora otra vida lejos de esta maldita ciudad. No sé si muy larga. Pero ya con la certeza de que nada de lo que me habían contado era verdad, de que me habían engañado. Nos habían engañado. París era mentira. París era tan mentira como la vida misma. La vida era tan de mentira como París. Es por eso que he decidido contar esta historia, para que nadie se crea nada.